La Ultima Niebla
La Amortajada

最后的雾
穿裹尸衣的女人

María Luisa Bombal
[智利] 玛利亚·路易莎·邦巴尔 著

段若川 卜珊 译

中国华侨出版社
·北京·

序　言

西班牙有一句谚语："知道你和谁在一起，就知道你是谁（近朱者赤，近墨者黑）。"看看玛利亚·路易莎·邦巴尔的几位朋友，就知道她是何许人了。

智利诗人聂鲁达给她起过两个绰号，"埃及蠓"和"火蜜蜂"。前者形容他们俩的亲密友谊：聂鲁达在雅加达做外交官时，豢养过一只埃及蠓，这宠物和他形影不离；当他在智利驻阿根廷使馆工作时，邦巴尔寄住在他家，她就像那只埃及蠓一样，总是跟随这位兄长到处走动。他们有时在厨房同一张大理石餐桌上写作，聂鲁达写《大地上的居所》，她写《最后的雾》。"火蜜蜂"，是指邦巴尔有火一般的热情，她会像飞蛾扑火一般地投入创作，会以同样的热情投入爱人的怀抱，但受到伤害时，也会用尾刺去报复，哪怕付出致命的代价……聂鲁达曾说，要想和哪个女人严肃认真地谈论文学，那就只有邦巴尔，她给拉丁美洲文坛带来了一股清风。他说道，邦巴尔的作品用不着别人改动，她是一个完美主义者……

拉丁美洲第一位诺贝尔文学奖获得者加夫列拉·米斯特拉尔，亲切地称邦巴尔为"小女孩儿"。当邦巴尔的代表作《最后的雾》与《穿裹尸衣的女人》出版时，米斯特拉尔给予了极高的评价，说她的作品是智利，乃至全拉丁美洲优秀小说中最优秀的。当她们再次相遇，邦巴尔正处于灵感枯竭、创作停顿的痛苦时期，米斯特拉尔给予她极大的鼓励。米斯特拉尔最后的岁月是在美国纽约度过的，时任智利驻美国的领事。当她离开人世时，邦巴尔是最早到医院去吊唁这位伟大女性的人。

邦巴尔和西班牙诗人加西亚·洛尔卡也结下了深厚的友情。当她在布宜诺斯艾利斯时，后者正带领《茅屋》剧团在阿根廷巡演。加西亚·洛尔卡回国时，邦巴尔和同伴们一起深情地呼喊："再见，费德里科……！"她哪里知道，这次分手竟是诀别（加西亚·洛尔卡于1936年惨遭法西斯杀害）。

邦巴尔也是另一位大师级的阿根廷作家博尔赫斯家的座上客。他们常常一边散步，一边探讨邦巴尔新作的构思。博尔赫斯曾对邦巴尔创作《穿裹尸衣的女人》提出异议，认为她可能把握不住生与死、人与魂之阴阳两隔的分寸。邦巴尔却痴心不改，坚持自己的想法，结果她创作出一部惊世之作。她和博尔赫斯的友谊牢固而久远。1976年,当她的小说《玛利亚·格里塞尔达的故事》在智利海港城市瓦尔帕莱索出版时,博尔赫斯不顾年老体衰、几近失明,亲自去参加首发式,为她站脚助威!

从玛利亚·路易莎·邦巴尔与上述几位大家的交往,可知她绝非等闲之辈。

邦巴尔在智利海滨小城比尼亚·德尔马尔(海上葡萄园)度过幸福童年,在巴黎度过花季少女时代,1931年,她回到阔别已久的智利,在瓦尔帕莱索港下船。当她从那艘名为"太平洋女王号"的越洋海轮走下舷梯时,结识了和母亲一起来接她的欧罗修·桑切斯,从此便刻骨铭心地爱上了这个正与妻子分居的男人,演绎出一场惊世骇俗的爱情悲剧。

不理智的"痴情和任性"一般不会有善果。当她发觉欧罗修·桑切斯移情别恋时,绝望之余,朝自己开了一枪,幸好未击中要害,只是打伤了肩膀。在智利待不下去了,欧罗修给她买了一张去布宜诺斯艾利斯的机票,在那里她受到聂鲁达夫妇的热情欢迎。在阿根廷,她的文学天赋得到了充分的发展,创作了《最后的雾》(1935)和《穿裹尸衣的女人》(1938),引起拉丁美洲文坛震惊。她曾代表阿根廷,出席1938年在美国纽约举行的世界笔会。

此后，她经常居住在阿根廷或美国。曾与一个名叫拉尔科的画家结婚，但是很快就分手了。一位年长的男士虽然很爱她，又忌讳她那段初恋的悲剧，这令她十分沮丧。她觉得是欧罗修·桑切斯毁了她的一生。当她在报纸上看到欧罗修春风得意地携妻子回到智利的照片时，再也按捺不住心中的怒火，在街头等到了欧罗修，朝他开了枪。她被捕了，幸亏欧罗修没有死，而且也不愿纠缠此事，几经周折，她最终交保获释。

邦巴尔只好离开智利，经布宜诺斯艾利斯来到纽约。她渐渐平静下来，为阿根廷杂志撰写有关美国的纪实报道，有时还推销药品和牛奶。她已学会踏踏实实地生活和写作，但依然苦闷，时常借酒浇愁。1944年，她和一位名叫法尔·德·桑·法叶的绅士结婚，并生了一个女儿，但依然郁郁寡欢。1956年，她的冤家欧罗修驾机出事身亡，她才回到阔别已久的智利，后又回到美国。1969年，丈夫去世，她更加孤独。1971年，到布宜诺斯艾利斯生活；1973年又回到智利。她的出现引起智利文学界的注意。智利教育部为她的小说《俏姑娘和夜莺》（1960）颁发了里卡多·克拉尚奖。1977年，她的小说《玛丽亚·格里塞尔达的故事》在智利出版；同年，智利国家语言科学院为她颁奖。此时,《最后的雾》已经出到第八版了。

晚年的邦巴尔处境悲凉。女儿不和她住在一起,甚至连信也不回一封。她只能靠丈夫的遗产——每月 150 美元——生活,幸好有一个外甥女每月寄给她 300 美元。直到 1978 年,政府才给她一点接济。她几次进入养老院,喜欢长时间站在门口,希望有人认出她来。她喜欢记者采访,只是回避两个话题:她的冤家欧罗修以及她为何不再有新作。1978 年 12 月,她获得一个地区性文学奖。1980 年 5 月 6 日,邦巴尔在圣地亚哥病逝。她死后舆论哗然,质问为何不授予她国家文学奖。不久,在她的故乡比尼亚·德尔马尔以她的名字设立了一项文学奖;在圣地亚哥的拉斯孔德斯新区,以她的名字命名了一所学校和一个广场。

邦巴尔的生平大致如此。有人说:她也许是遭上帝贬谪的缪斯,来人间历经磨难的。

在我国,最早较详细地译介邦巴尔的是北京大学西语系的博士生导师段若川教授。她是笔者的妻子,于 2003 年不幸去世。在此为她代笔,权作告慰她的在天之灵。

对段若川而言,接触邦巴尔的作品,实出偶然。她从 1983 年起,开始研究智利著名小说家何塞·多诺索。至 1991 年,已经翻译出版了多诺索的六本书。1991年底,她了解到这位智利小说家十分向往中国的古老文明,而且很想与自己的中文译者见面。1994年,为了研究拉丁美洲的魔幻现实主义,她申请到了去智利访学的机会。同年3月3日,她第一次去拜访多诺索。当天晚上,在智利首都圣地亚哥的马波乔河畔有一个文化节的开幕式,多诺索夫妇邀她一同前往。开幕式在一座由老火车站改建的文化宫举行。高高的穹顶上悬挂着六面白色旗帜,上面有男女各三位智利已故文化名人的肖像:三位男性是维森特·维多夫罗、巴勃罗·聂鲁达和巴勃罗·德·罗卡,都是赫赫有名的大诗人;三位女性,第一位是"抒情女王"米斯特拉尔,第二位是著名歌手薇奥莱塔·帕拉,第三位,她不认识,朋友们告诉她是玛利亚·路易莎·邦巴尔。巧合的是,同去的智利朋友格里戈送给她的一本书正是其本人撰写的《玛利亚·路易莎·邦巴尔》。

她如饥似渴地读完了这本传记,就想读邦巴尔的小说,几乎所有的朋友都向她推荐《最后的雾》和《穿裹尸衣的女人》。多诺索夫人碧拉尔很快给她找到了《最后的雾》。她迫不及待地阅读,并在一周之内完成了这部小说的翻译,然后寄给了河北教育出版社的外国女性文学《蓝袜子丛书》,因为她是其中《温柔的激情——拉美南欧卷》的主编之一。1995年,为了配合第四届世界妇女大会在北京召开,《最后的雾》同时在《世界文学》杂志和《蓝袜子丛书》面世。

不久以后,她又读了西文版《穿裹尸衣的女人》,觉得同样精彩,但已无时翻译,便交给了她的弟子卜珊。卜珊当时还是硕士研究生,如今已是品学兼优的副教授了。她出色地完成了老师交付的任务,《穿裹尸衣的女人》在《世界文学》首发。

《最后的雾》和《穿裹尸衣的女人》是邦巴尔的代表作。阿根廷著名文学评论家安德森·因贝特认为,这两部作品表现的是幻觉的力量使人类与超人类的东西出现在神奇的、充满诗意的地方。意大利文学评论家朱塞佩·贝利尼认为,邦巴尔非常仔细地挖掘人的下意识,尤其是女性的下意识。他认为在《最后的雾》中,作者把梦想与现实交织在一起,揭示了一个绝望女性的内心世界,这一题材也是《穿裹尸衣的女人》中的主旋律,但与前一部小说相比,神秘的气氛更为浓烈。

《玛丽亚·路易莎·邦巴尔作品全集》的编者卢西亚·盖拉认为,邦巴尔相信神秘事物和逻辑事物是交织在一起的,她相信从尼采到后现代所设置的存在就像一束没有结果的反命题;她本人就是一个这样的反命题。在1975年的一次采访中,她说自己是融为一体的两个人:一个大胆、疯狂、想象力丰富;另一个有见地、但很谨慎。当二者达成协议、合二为一时,她就平静了。

一些评论家认为,在拉美作家中,邦巴尔是较早开发女性意识的,但她本人并不认为自己是女权主义作家。在她的作品中,仍以男性为中心,不过,男人们已经成了背景,她写的是女性的感受。在二十世纪上半叶致力于文学创作的人中,她落落寡合,找不到自己的流派。她说:"在内心深处,我认为自己是个诗人,一个写散文的诗人。"

她的作品中的女性人物总是有共同的命运:不幸、失败和迷茫。即使被爱,那也是濒临强暴的侮辱。在她的绝大部分作品中都有雾。雾,象征着失望意义上的爱情、梦幻与陈规陋习。还有和雾对立的火,火意味着情侣、激情、冒险与真实的存在……在《最后的雾》中,她创造了一个充满神奇色彩的梦幻世界。那个世界被她写得非常美,但又扑朔迷离。她完全打破了现实与梦境的界限,使读者像书中那不知名的女人一样,弄不清她与情人的那段奇缘是否真有其事,或者仅仅是一场梦,一个刻骨铭心的爱的梦想,一个十来年间给予她生存力量的梦想。有人将《最后的雾》视为超现实主义小说，正是因为它的"梦幻世界"，这是早期超现实主义的特征。对此，邦巴尔自己也承认："至于我的小说技巧，我认为既是超现实主义散文式的，又是散文诗式的，是心灵明暗交接的故事，是从既奥妙又神秘的大自然中获得的感受，有时也是我们对那被人们称作'来世'的犹豫而又焦急的追寻。"

《穿裹尸衣的女人》对拉美小说家的影响也不容低估。墨西哥著名作家胡安·鲁尔福曾对阿根廷作家何塞·比扬科说过，在他年轻时，《穿裹尸衣的女人》曾给他很大的影响。从某种意义上说，《佩德罗·帕拉莫》可以看作《穿裹尸衣的女人》的回声。

最后，要说明的是，我对玛利亚·路易莎·邦巴尔并未做过深入研究，在此仅仅是依据段若川教授留下的资料，对邦巴尔做一个简要的介绍。是为序。

赵振江
2019 年 9 月 16 日
于北京大学

目　录

最后的雾 / 1

穿裹尸衣的女人 / 49

最后的雾

段若川　译

头天晚上来自西南的强劲风雨浇透了陈旧的别墅的屋顶。当我们到那里时，所有的房间都还在漏雨。

"屋顶抵挡不住这样的冬天。"仆人把我们引进厅里时说道。他们有点吃惊地看了我一眼。丹尼尔赶忙解释：

"我和表妹今天上午结婚了。"

我不知所措地愣了两秒钟。

"即便丹尼尔再不把我们的突然结婚当回事，他也该通知一下他的仆人。"我恼火地想着。

说真的，当小汽车穿过庄园地界时，我丈夫显得很紧张，近乎狂躁。

这很自然。

刚刚一年前，他与第一个妻子走过同样的路。他钟爱那个性格孤僻的瘦姑娘，可是三个月以后她突然去世。而现在,现在这种把我从头到脚打量一番的目光带有类似怀疑的神色。那是一种敌视的目光,常常用来对待一切陌生人。

"你怎么啦?"我问他。

"我在看你,"他回答,"我看着你,我想我太了解你了……"

他哆嗦了一下,走到壁炉前,一个劲儿地拨旺几根湿漉漉的冒烟的木柴,木柴发出蓝色火苗,同时他平静地说:

"一直到八岁,我们都在同一个浴盆里洗澡,后来,每年夏天,我和菲利佩都趴在草丛里偷看你,还有家里所有的女孩子在河里戏水。用不着脱下你的衣服,连你做阑尾手术的伤疤我都见过。"

我累极了,宁愿跌坐在一把沙发椅上,也不想搭理他。我也盯着这个在我面前走动的男人的身体。我也记得这个高大而有点笨拙的身体。我也是看着他长大发育的。几年来我总是在说,丹尼尔要是不挺直身体,终归会变成驼背的。我也熟悉那金黄、粗糙而蜷曲的头发的韧劲儿,因为我常常气得发抖,把手指插进他那鬈发里。然而,对他的坐立不安和苦闷的目光,我却感到有点陌生。

孩童时代的丹尼尔既不怕鬼也不怕家具在夜晚的

黑暗中咔咔作响；然而，自从他妻子去世以来，据说他害怕一个人待着。

我们走进第二个房间，那里比第一个房间更冷。我们进餐，一声不响。

"你腻烦了吗？"丈夫突然问我。

"我筋疲力尽。"我回答。

他双肘支在桌上，怔怔地看了我一会儿，又问我：

"我们为什么结婚？"

"为结婚而结婚。"我回答。

丹尼尔露出一丝微笑。

"能和我结婚你很幸运，知道吗？"

"是的，我知道。"我回答，困得直往下滑。

"难道你情愿做一个满脸皱纹的老处女，替庄园的穷人织毛活？"

我耸耸肩膀。

"那样的前途在等待着你的姊妹们……"

我不作声。仅仅半个月之前，这种挖苦的话还会使我不知所措，可现在这对我已经不起任何作用了。

又一阵暴雨敲打着玻璃。那边，花园深处，我听见狗在不停地叫。走近，又远去。丹尼尔站起来，端着一盏灯。他走着，我跟在他身后，披着一条旧的驼绒披肩，这是那位给我们端来临时准备的晚餐的好心肠的女人出于同情而替我披上的。我明白他那嘲讽只不过是跟他自己过不去而已。我感到吃惊，他脸色发青，好像很难受。

走进卧室，他放下灯，立即转过头去，同时，一股沙哑的声音从他喉咙里冲出，他没来得及抑制住。

我惊奇地看着他，愣了一秒钟，才明白他哭了。

我离开他，竭力说服自己，最妥当的姿态是对他的痛苦装作一点也不知道。何况，从我内心深处说，这也是最便当的姿态。

然而，令我不快的是我的自私，而不是我丈夫的哭泣。我让他待在隔壁房间里，不对他做任何表示，不说一句安慰的话。我脱去衣服躺下，不知怎的，马上进入梦乡了。

第二天早晨醒来时，我身边的床上是个空的陷窝，仆人对我说，一大早，丹尼尔就出门到村里去了。

躺在那具白色棺材里的姑娘，不到两天前还坐在葡萄架下给画布上颜色。而现在，她被装在又长又窄的木匣子里，一动不动。棺材盖上镶着一块玻璃，好让熟人看到她最后的表情。

我走到跟前，头一次看一个死人的脸。

我看到一张苍白的脸，在那闭合的宽宽的眼睑下，没有一点阴影。一张没有任何表情的脸。

对这个死人，我一点儿也不想弯下身子去呼唤她，好像她从来没有活过。我突然想到寂静这个词。

寂静，非常寂静，经年的、经世纪的寂静，开始在房间里、在我头脑里膨胀得令人恐怖的寂静。

我向后退，我紧张地、急切地从默默致哀的人群中挤出来，碰撞着一些可怕的、用假花扎成的花圈，来到门口。

我差不多是奔跑着穿过花园，打开栅栏门。可是，外面的景色笼罩在一片薄雾中，显得更加寂静。

我从那小丘下来，小丘上是那座掩映在柏树间的房屋，犹如一座坟墓。我走了，穿过森林，用力地、重重地踏着地面，为的是发出回声。但是，一切一切仍然保持沉寂。我的脚扫过落叶却没有发出声响。因为落叶湿漉漉的，好像在腐烂。

我躲开树影，它们那样宁静，又那样模糊，致使我突然伸出手来，好证实它们是不是真的存在。

我害怕。在这静态中，同样，在山上横躺着的那位死者的静态中，潜伏着危险。

也因为这雾霭头一次向我袭来，我对此反应强烈。

"我有生命，我有生命，"我高声喊道，"我很美，我很幸福！是的，我很幸福。幸福就是拥有年轻、苗条而灵活的身体。"

然而，很久以来，我身上躁动着一种说不清道不明的不安。一天晚上，我睡着了，好像看见了什么，也许这就是我不安的原因。待我醒来时尽力想记起那是什么，可是记不得了。一夜又一夜，我想记住那同一个梦境，但还是没有。

一股冷风吹拂着我的前额。一只鸟儿，那翅膀是红色的，是秋天的颜色。鸟儿无声地从我头上飞过，差点儿拂着我。我又害怕了，拼命往家里跑。

我远远地看见丈夫，他放慢了奔马的步伐，对我嚷着，说他弟弟菲利佩和他妻子，还有一个朋友，他们进城，顺路看我们来了。

我从通往杜鹃花坛的那扇门走进大厅，昏暗中有两个人影猛然分开了，动作有点笨手笨脚，蕾希娜有点散乱的头发缠在了一个陌生人的纽扣上。我吃惊地望着他们。

菲利佩的妻子恼火地盯了我一眼。那人是个身材高挑的黑黝黝的小伙子。他弯下了腰，镇静自若地理顺那黑色长发，并且把他情人的头从他胸前挪开。

我想到我的发辫过分紧密地堆在头顶，毫无美感。我一句话没说就走开了。

在我房间的镜子面前，我散开头发。那也是一头黑黝黝的头发。有一阵子我也是将头发披散，几乎披到肩膀。头发直直的，贴着额角，像闪闪发光的绸缎。那时候，我的发式就像武士的头盔。我敢肯定会赢得蕾希娜的情人的欢心。后来我丈夫硬让我收拢那奇特的发式，因为在各方面我都必须尽力效仿他的第一个妻子。据他看来，他的第一个妻子是一个十全十美的女人。

我仔细地盯着镜子。我恼火地看清，晃动脑袋时，我那头发失去了宛如奇特光泽的红色。我的头发已经发暗了。一天比一天暗了。

用不着等它失去光泽和火热，谁都不会说我有一头秀发。

屋子里有声音在回响。那是两只手按在大厅里那架古老钢琴上弹出的和弦在震荡。然后又弹了一首夜曲，喷珠吐玉般地倾泻出上百个音符，越泻越多。

我赶紧扎好头发，飞快地顺着楼梯跑下。

蕾希娜是在凭着记忆弹奏。她玩弄着模模糊糊和不准确的花样，把它和一种放肆的、近乎不知羞耻的恋情联系在一起，展示出来。

她身后是她丈夫和我丈夫在抽烟，并不听她弹奏。

钢琴突然不响了。蕾希娜站起来，慢慢穿过大厅，走到我跟前，几乎碰到我；她那苍白的脸离我很近。这种白在她脸上显示出来的不是缺少血色,而是富有生命力,好像她一直生活在内心的激情中。

蕾希娜又穿过大厅,重新坐在钢琴前。当她走过情人面前时,她向他微笑,他色眯眯地望着她。

好像有人点燃了我的血管,我逃到花园里。我走进雾海。一束阳光突然照射过来,给我所在的树林投射下一个金灿灿的光洞,撩拨着地面,地面发出浓重的潮湿的气味。

一种陌生的闷闷不乐的感觉向我袭来。我闭上眼睛,斜倚在一棵树上;哦,拥抱一个炽热的身体,和他缠绕在一起,顺着一道没有尽头的斜坡滚下去……我觉得自己娇弱无力,徒劳地摇晃着头,想驱走向我袭来的倦意。

于是我脱下衣服,脱下所有的衣服,直到我的肉体也染上浮游在林间的那同一种光芒。于是,我赤裸的身体被染成金色。我浸入池塘里。

早先我并不知道自己这么洁白,这么美丽。池水拉长了我的身影,使它变得不合比例。以前我从来不敢看自己的乳房,现在我注视着它:小巧、浑圆,宛如浮在水面的花冠。

我用一种大鹅绒般的细沙一点点将自己掩埋,一直埋到膝盖。温暖的水流抚摸着我,浸润着我。水生植物那长长的根缠绕着我,好像是丝绸的胳膊。池水像清爽的呼气吻着我的后颈,一直吻到前额。

清早,楼下的喧闹声、床边异样的脚步声搅碎了我的梦。我在意念中毫无用处地忙碌着,给丹尼尔做帮手。我打开抽屉,找这找那,可总是找不着。终于一阵长长的寂静使我醒过来。

我发现房间里乱七八糟,床头柜上有一个遗忘在那里的子弹盒。

于是我记起男人们当是出去打猎了,直到傍晚才会回来。蕾希娜起来了,她心里挺不痛快。吃午饭时不断尖刻地讽刺我们的丈夫们心血来潮。我没有搭腔,生怕由于(她所谓的)我的憨笨而惹她生气。

后来,我斜倚着楼梯的台阶,侧耳聆听。我整整几个小时,白白地等待着远处有枪声打破这令人萎靡不振的寂静。打猎的人们好像被那雾气拐走了似的。

季节这么快就把白天变短了!西天变得火红。每一块窗玻璃后面好像都有一团篝火在燃烧。一切都像被一团红火燃烧,但是火苗也无法减弱那雾气。

天黑了。青蛙没有鸣叫,连蟋蟀那平静的吟唱也消失在草坪,听不见了。我身后的房屋完全是一片黑暗。

我很不痛快地走进大厅，点燃一盏灯。我强忍着差点没叫出声来。蕾希娜躺在长沙发上睡着了。我望着她。她面部的线条好像朝太阳穴收拢，颧骨的轮廓变得很柔和，皮肤显得更加光洁。我走到她跟前。从前我并不知道当人躺直了歇息时会变得更美。现在蕾希娜不像个妇人而像个小姑娘，像一个非常温柔、非常倦怠的小姑娘。

我想象中，她就这么躺着，躺在铺着地毯的温馨的房间里，在那里，漂浮着的头发的芬芳和女人吸的香烟气味暗示出她全部不可思议的生活。

我又感到一阵尖利的痛楚，好像要使我叫出声来。

我又走出来，在房子前面，坐在黑暗中。我看到树林中有亮光在浮动，有几个人影在非常小心地前进。他们擎着点燃的树杈当火把。我听见狗群在喘着粗气。

"运气好吗？"我快乐地问道。

"该死的雾！"作为全部回答的是丹尼尔的嘟哝。

人和狗都筋疲力尽地倒在我脚下。在我面前排开一大溜死去的飞禽，可怜的身躯残缺不全，沾满泥污。

蕾希娜的情人把一只野鸽扔到我膝盖上，还带着热气，滴着鲜血。

我紧张地尖叫着推开，大家一边笑一边走开。可那位猎手仍然违背我心愿，硬要把这令人难堪的战利品塞进我怀里。我奋力挣脱，近乎愤怒地哭起来，当他放松强加于我的拥抱时，我抬起了头。他那寻根究底的目光使我胆怯。我收拢目光。等我再抬起头时，发现他还盯着我。他的衬衫半敞着，从胸膛发出一股榛子的气味，还有一股干净而壮实的男人的汗味。我怔怔地朝他微笑。于是他一跃而起，头也不回地走进屋里。

雾气一天比一天浓，紧紧围住了屋子。浓雾迷蒙了那株南美杉。杉树枝敲打着平台的栏杆。昨天晚上我梦见雾气从门窗的缝隙中缓缓渗入房子，渗进我的房间，使墙壁的颜色和家具的轮廓变得模糊，和我的头发缠在一起，沾在我身上，溶解了一切……而在这灾难中只有蕾希娜的面庞安然无恙，她的目光有如火焰，她的嘴唇饱含着神秘。

我们进城已经好几个钟头了。透过一动不动地挂在我们周围的厚厚的雾帘，我感受到城市在这氛围中的分量。

丹尼尔的母亲吩咐敞开大餐厅的门，把传家的长餐桌上所有的蜡烛都点燃，我们一言不发地挤在那长餐桌的一头。但是，端给我们的盛在厚实的水晶玻璃杯里的金黄酒液温暖了我们的血管，那炽热从喉咙一直爬到两鬓。

丹尼尔微醉了。他答应要修复我们家里弃置不用的小教堂。快吃完饭时，我们商量好让婆婆和我们一起回乡下。

我近日来的痛苦，这种好像烧灼般的刺痛变成一种甜蜜的悲伤，使我的嘴唇发出怠倦的微笑。我站起来时，不得不由丈夫扶着。不知为什么，我觉得这么疲倦。不知为什么，我不得不微笑。

自从我们结婚以来，丹尼尔头一次给我放好枕头。半夜醒来，我喘不过气来。我在床上折腾了很久，睡不着觉，感到窒息。我觉得每次呼吸，总缺一点空气。我从床上跳下，打开窗户。我探身朝窗外看，好像气氛仍无变化。雾气抹平了万物的棱角，将嘈杂声过滤，把一个封闭房间的温馨的亲昵交付给城市。

一个疯狂的念头涌到我脑中。我摇了摇丹尼尔，他半睁着眼睛。

"我透不过气来，需要走一走。你让我出去吗？"

"你想干什么就干什么吧！"他咕哝着，脑袋又重重地落在枕头上。

我穿上衣服，顺便戴上我从庄园来时戴的那顶草帽。大门不像我想的那么沉重。我开始顺着大街朝上走。

悲哀，带着整个睡梦中积累的狂躁重又浮上我心头，我走着，穿过一条条林荫道。我想：

"明天我们就要回乡下去了。以后我要和婆婆一起到村里去做弥撒。然后，吃午饭时丹尼尔给我们讲庄园里的工作情况。然后去巡视暖室、家禽场、菜园子。晚饭前，我在壁炉前打瞌睡，或是念地方报纸。晚饭后，我胡乱地拨着炭火，引得火花乱爆，以此来消遣。在我周围，一片沉默表明该说的话都说尽了。丹尼尔用顶门棍顶门，发出很响的声音。然后我们去睡觉。后天还是一样。一年都一样，十年都一样，直到苍老夺走我所有爱和渴望的权利，直到我的身体枯萎，面容憔悴，以至不好意思不加打扮就在阳光下抛头露面。"

我漫无目的地信步溜达，横穿一条条大街，不停地向前走。

我感到自己没有能力逃走。逃走？怎么逃？逃到哪里去？我觉得死都比逃走容易做到。要说死，我觉得还做得到。过分热爱生活便可能想死。

在黑暗和雾霭中，我看到一座小广场。好像完全在旷野中一样。我疲惫地倚在一棵树上。我的面颊寻觅它的潮湿。我听到很近的地方有一眼喷泉在喷吐着一串沉甸甸的水珠。

一盏街灯泛着白光,雾把灯光变成了一团水汽,沐浴着我的双手,把双手变得苍白,把一个模糊的身影投射在我的脚下,那是我的影子。在这里,我突然看到我的影子旁边有另一个身影,我抬起头来。

一个男人站在我面前,他离我很近。他年轻,一双非常明亮的眼睛镶在一张黝黑的面孔上。他的眉毛微微隆起。从他身上散发出一种含含糊糊的,然而能将人包裹起来的热力。

他行动快捷、猛烈、果断。我心里明白我一直在等待着他,并且会不顾一切地跟随他到天涯海角。我用双臂搂住他的脖颈。于是他便吻我,闪动着他那明亮的眸子,不停地注视着我。

我向前走,不过现在有一个陌生人在引导我,他把我带到一条呈斜坡的窄巷。他让我站住。我看到铁栅栏后面有一座弃园。那陌生人费力地打开生锈的铁链。

屋子里一片漆黑。但是有一只温暖的手在寻找着我的手,鼓励我朝前走。我们没有碰撞任何家具,脚步在空荡荡的房间里回响。我摸索着登上一道长长的楼梯,不必用手去扶栏杆,因为那陌生人还在一步一步地拉着我走。我跟着他,觉得进入了他的领地,交付给他了,由他支配。在走廊尽头,他推开一扇门,松开了我的手。我站在一个房间的门楣前,房间突然亮灯了。

我朝房间里走了一步。房间里褪色的印花窗帘不知怎的使这屋子有一种古老的魅力、一种悲伤的隐私。好像整座房子的热气都集中在这里了。黑夜和雾气可以白费气力地敲打玻璃，但是没有办法使任何一个死亡的分子侵入这个房间。

我的这位男友拉上窗帘，用他那胸脯轻轻地顶着我，使我慢慢地朝床边退去，我觉得自己在甜蜜的等待中瘫软。可是，一种奇特的羞涩促使我假装害怕。于是他笑了。可是，他虽然笑得很温柔，却带有点嘲讽味道。我猜想，无论什么感情也瞒不了他。他走开了，现在该他装作想安慰我。现在只剩我一个人了。

我听到地毯上有轻轻的脚步声，那是赤足的行走声。他又一次站在我面前。灯光照着他那黝黑的皮肤，但汗毛却是栗色的。他从头到脚包裹在一圈光环里。他的腿很长，肩膀端正，臀部紧而窄，前额宽阔，两臂沿身体两侧下垂，一动不动。这种庄重而质朴的姿态好像为赤裸的他又平添了光彩。

他几乎没有碰我就解开了我的头发，开始脱我的衣裳。我沉默不语，由他摆布，心猛烈地跳着。当我的衣服妨碍了他焦急的手指时，内心的疑惧震撼着我。我急切地盼望在他目光下尽快地暴露无遗，我的形体美终于急切地要接受应得的膜拜。

脱完衣服，我便坐在床边。他保持一定距离，以便欣赏我。在他的目光下，我的头向后仰，这种姿势使我非常舒服。我的双臂交叉在脑后，两腿交叉又分开。每一种姿势都给自己带来强烈而完美的快乐，好像它们终于找到理由成为我的胳膊、脖颈和大腿。哪怕这种快乐就是爱情唯一的用途，我也会感到已经得到了极好的补偿。

他走近了，我的头齐他胸膛的高度。他在对我微笑。我将嘴唇紧紧地贴着他，立即又把额头和脸贴上去。他的肌肉发出水果味，发出草木气味。又一阵冲动，我的手臂搂住他的后背，他的胸膛又贴住了我的面颊。

我紧紧地拥抱着他，用我的全部感觉倾听着。我听到他的气息产生、飞翔、重又跌落；我听到胸膛中央，心脏在不停地跳动，那声音回响在内脏，波及全身，把每一个细胞都变成响亮的回声。我抱紧他，越来越使劲儿地抱紧他；我感到血液在他的血管里流淌，我感到他静静地潜藏在肌肉里的力量在颤抖；我感到在一声喘息中有气泡在升腾。在我的臂膀中，一个实实在在的生命，脆弱又神秘，在沸腾，在加速，我开始发抖。

于是他向我弯下身躯,我们纠缠在一起,在床上的陷痕里滚动。他的身体有如一幅硕大的沸腾的海浪将我覆盖,抚摸、燃烧着我,钻进我身体,将我包围,拖曳着我,把我弄得精疲力竭。从我的喉咙里升腾起类似啜泣的声音,不知为什么,我呻吟起来,不知为什么,我很舒服地呻吟着。由于压在我的大腿上的那可爱的重负而引起的劳累也使我的身体非常舒服。

等我醒来时,我的情人躺在我身边睡着了。他脸上表情恬静,他的呼吸轻得我非得把头弯到他的唇边才能感觉得到。我发现他胸膛那栗色的汗毛间有根极细的、细得几乎看不见的链子系着一枚小小的圣牌。那是一枚很普通的圣牌,是孩子们领第一次圣餐那天得到的那一种。面对这种孩子气的细节,我的肌肉变得完全柔软了。我把他鬓角撅起的一绺头发理顺,没有惊动他,起来,悄悄穿好衣服,走了。

和来的时候一样,我摸索着走出去。

已经出了门。我打开铁栅栏。树木一动不动,天还没亮。我顺着小巷飞快地向上奔跑,穿过广场,又顺着一条条林荫大道向回返。一股非常柔和的芳香伴随着我——那是我神秘的情侣的芳香。我全身都浸染了他的香气,好像他还走在我的身旁,或者我还被他拥抱在怀里,或者他的生命已经永远地融入我的血液中。

现在，我躺在另一个睡着的男人身边。

"丹尼尔，我不同情你，我也不恨你，我只希望你永远不知道我今晚的事，一点儿也不知道……"

为什么秋天人们非得在林荫道上扫个不停？

要是我，就会任凭树叶落到草坪和小径上，让那红色的窸窣作响的地毯笼罩一切，然后让潮湿把它变得悄无声息。我想方设法让丹尼尔别太去管花园。我眷恋那被人遗弃的花园，那里的野草掩盖了所有的足迹，那里无人修剪的灌木使道路变窄。

年复一年。我对着镜子照了又照。眼睛下面那些细小的皱纹以前只有在笑的时候才明显，现在终于在那里固定不动了。我的乳房渐渐不那么浑圆，不再像青水果般结实了。肌肉紧贴着骨头，我不再苗条，而是棱角分明。可是有什么要紧？既然我已经懂得什么是爱，我的身体枯萎了又有什么要紧？光阴飞逝，年年如一，又有什么要紧？我曾经有过一次美好的经历。有那么一次……仅仅有这种回忆就可以忍受漫长的、令人生厌的生活。直至日复一日地不知疲倦地重复日常琐碎的行动。

只有一个人，我碰到他会不禁发抖。可能今天、明天，或者十年之后我会碰到他。

在这里，在一条林荫道的尽头，或者在城里的一个街角，我可能遇到他；也许我永远不会碰见他。不要紧，我觉得这世间充满各种可能。对我来说，每一分钟都是等待；对我来说，每一分钟都有它的激情。

一夜又一夜，丹尼尔毫不动情地睡在我身旁，像是我兄弟一样。我宽容地温暖着他。因为几年以来，每个漫漫长夜，我都靠着另一个人的体温度过。我起来，悄无声息地点燃一盏灯，写道：

"我熟悉你肩膀的芬芳。从那天起我就属于你了。我想你。我将一辈子躺着，等待着你到来，用你那强健的熟悉我的身体压在我身上，好像你一直就是我身体的主人一样。我从你的怀抱中挣脱，终日都在追忆着我勾着你的脖颈、对着你的嘴叹息的情景。"

我写了，又撕掉。

有的早晨，我感到一种莫名其妙的快乐。我预感到二十四小时之内会有一个极大的幸福降临到我头上。我终日沉浸在狂喜之中，等待着有一封信抑或是一件意想不到的事情。说真的，我不知道。

我走着，走进山里，回来时虽然天色已晚，我仍旧迈着小步。我要让奇迹的降临拖延到最后一刻。我走进大厅，心怦怦地跳。

丹尼尔倒在长沙发上，伸着懒腰，和他的几条狗在一起。婆婆在绕一团灰色的新毛线。什么人也没来,什么事也没有发生。失望的痛苦我只体验了一秒钟。我对"他"的爱太大了,可以超越他不来的痛苦。只要我知道他存在,感觉到他,记得他在这世上的某个角落就够了。

我觉得晚饭的时间漫长,长得没边没沿。

我唯一渴望的是一个人待着,以便可以做梦,可以敞开地做梦。我总是有那么多东西要想。比如昨天,我留下情人和我吃醋的情节,还没有做完。

吃完晚饭,他们照例邀我打一把牌,对此我深恶痛绝。我喜欢坐在火堆旁缩成一团,在炭火中寻找我情人明亮的眼睛。突然间,好像有两颗星星在闪光,于是我长久地沉浸在这光明之中。我从来没有像此时此刻那样清晰地记得他那目光的神情。

有的日子,我累极了,就徒劳地拨动我记忆的炭火,想让能创造出想象的火花迸出。我丢失了我的情人。

最近一次是一阵大风把他送还到我身边。那风吹倒了三株核桃树,吓得婆婆一个劲儿画十字,使他敲响宅子的大门。他头发蓬乱,大衣领竖得高高的。但是,我认出了他,晕倒在他脚前,于是他抱起我,在狂风呼啸的傍晚,他就这样抱着不省人事的我……从那一天起，他就再也没有抛弃我。

苍白的秋天好像抢走了夏日那阳光炎热的早晨。我寻找我的草帽，但是没有找到。我先是沉住气找，然后是狂热地寻找……因为我害怕找到。我有了一种悠长的希望，我放心地舒了一口气，因为我的努力是徒劳的。毫无疑问，那天晚上我把草帽忘在陌生人家里了。一种强烈的幸福感涌上心头。我不得不用两手捂住心口，以免心会轻飘飘得像只小鸟一样离我而去。因为除了像所有情侣一样的一次拥抱之外，还有一样东西、一样物质的、具体的、无法破坏的东西把我们永远地联系在一起：我的草帽。

我眼圈发黑，房子、花园、树林，常常在我的头脑里，在我的眼前飞速地旋转。

我想强制自己休息一下。但是只有走路才能把我的节奏印入梦境，打开梦境，描绘出一条完美的曲线。当我停止不动时，梦的翅膀就破碎了，不能展开了。

我们结婚十周年的那一天到了。全家都在我们庄园聚会，菲利佩和蕾希娜除外。他们这样做受到尖锐指责。

好像为了弥补我们多年关系冷淡，现在拥抱太多了，礼物太多了，还有一顿丰盛的晚宴，不停地举杯祝贺。餐桌上，丹尼尔那无精打采的目光和我的目光相撞。

今天我见到了我的情人。我不住地想着这件事，大声地反复地喊出来。我要写：今天我见到了他，今天我见到了他。

事情发生在下午，是我在池塘里游泳的时候。

一般来说我在那里待很长时间，任凭身体和思想随波逐流。常常是水面上不见我的身影，只剩下一个模糊的旋涡。我已经潜入一个神秘的世界里，在那里时间好像突然停滞了。在那里光线沉甸甸的，好像是荧光质。在那里我的每一个动作具有一种审慎的、一种像猫一样的迟钝，我仔细地探寻这寂静的洞穴中的每一个皱褶。我收集那里奇特的贝壳，它们犹如水晶，然而，一旦把它们带回我们的生存环境，它们就变成黑乎乎的难看的卵石了。我翻动着石头，石头下面沉睡着或翻动着许许多多的小小生灵，它们慌慌张张地溜走。

当我从光闪闪的深水中浮出水面时，看到远处，从雾中无声地驶来一辆遮得严严的马车，像个幻影；马车费力地摇晃着。马儿在树木和枯叶间闯出一条路，没有一点声音。

我很吃惊，抓住柳树枝，全然不顾自己赤裸着，半个身子探出水面。马车缓缓前行，一直来到池塘彼岸，到了那儿，马儿弯下脖颈，饮水，那光滑的水面上没有激起一圈涟漪。

一件非常重要的事情就要发生了。我的心和神经都预感到了。

那时我看到，从马车窄窄的窗户后面一个男人探出头，并且朝下望我。

我马上认出我情人那一双明亮的眼睛，还有他那黝黑的面庞。

我想喊他，但是我的这一冲动变成了无法形容的喑哑的喊叫。我没法喊他，我不知道他的名字。他大概看到我脸上现出的焦急神情，因为好像为了让我安心，他对我的努力报以微笑，并且稍稍举了一下手。然后，他向后一仰，从我的视线中消失了。

马车又上路了。甚至不容我游到对岸。他突然消失在树林里，好像是雾气将他吞噬了。我觉得有什么轻轻地撞了一下臀部，惊奇地回过头来。是花匠的小儿子那只轻巧的筏子浮在水面上，停在我身后。

我用手紧紧捂住赤裸的胸脯，激动地对他喊：

"你看到他了吗？安德烈斯，你看到他了吗？"

"是的，夫人，我看到他了。"孩子镇静地回答。

"他对我笑了，是吧，安德烈斯？他对我笑了吗？"

"是的，夫人。您的脸色多苍白。赶快从水里出来吧，您别晕倒呀。"他说着，把筏子划走了。

他用一张网继续清除秋风刮落在池塘里的树叶。

我处于由幸福带来的极度疲劳中。

我不知道我的情人有什么计划，但是我坚信，他就在离我很近的地方呼吸。

我觉得在村庄、花园、森林里，他无处不在。我到处走着，坚信他在窥视着我的每一步。

我呼喊："我爱你！我想你！"想让我的心声和感觉能传送到他藏身的地方。

昨天一个遥远的声音回答了我的呼声："爱！"我站住，竖直耳朵，我听到含混的窃笑声，当我发现是砍柴人这样戏谑地模仿我时，我羞得要死。

可是——这真荒唐——就是这个时刻，我觉得我的情人离我更近了。好像这些质朴的人不经意地充当了他想法的传声筒。

我没有失望，温顺地始终等候着他的到来。晚饭后，我来到花园，悄悄拉开大厅的百叶窗。夜复一夜，只要他愿意，就可以遥望到我坐在炉旁，在灯下看书。他可以看见我的每一个动作，并且可以随心所欲地潜入我的内心世界。对他我无秘密可言……

下午，安德烈斯干活归来。当他在花园深处出现时，我走到平台上。

每当看到他肩背渔网、赤着双脚时我就颤抖。我想象着他一走过来就会把一封重要的信交给我。但是他每次都无动于衷地消失在松树林中。

于是我倚在楼梯的台阶上自我安慰，心想溅在我脸上的细雨，同样滴在我情人的胸膛，或者顺着他的窗玻璃向下流淌。

当大家都已睡去时，我常常从床上坐起来倾听着。青蛙的鸣唱突然止住。那边，很远的地方，在那黑夜的心脏，我听到有走近的脚步声。我听到脚步慢慢走近，听到脚步踩着青苔，搅动了枯叶，踏着挡路的树杈。那是我情人的脚步。是时候了，他来寻找我。栅栏门吱扭一响。我听到狗发疯般的奔跑呼叫，我真真切切地听出那轰狗的咕哝声。

寂静又笼罩了一切，我再也听不到什么声音。

但是我确信我的情人已走近，在我的窗下，待在那里，为我守夜，直到天明。

有一次他缓缓地叹了一口气，但是我没有跑去投入他的怀抱，因为他没有叫我。

我不明白他怎么不叫我就逃走了。

安德烈斯从村里回来，没精打采地对我说，有一天他看到一辆遮得严严的马车飞快地向城里驶去。但是我一点儿也不气馁。我经历了美好的时刻，现在他来过了。我知道，他定然会突然回来的。

有好几年丹尼尔不吻我了，因此我不明白怎么会发生那件事情。

也许，从我这方面来说，事先有过一闪念。哦，在这漫长的夏日的白天，有谁能帮我减轻一点厌倦！但是一切都未曾预料，很可怕。我觉得自己的记忆里一片真空，直到发现自己倒在丈夫的怀抱里。

我的身体，我的亲吻不能使他颤抖，但是，像以往那样，能使他想着另一个身子和另一双嘴唇，做着那些动作。就像几年前一样，我看到他怒气冲冲地想抚摸我，渴望着我的肌肤。在他和我之间总让人想起那位死者。当他把脸埋在我怀里时，他情不自禁地寻找着另一个人胸脯的光洁和轮廓。他吻着我的手，吻着我的全身，怀念着他熟悉的温暖、芬芳和起伏不平。他疯狂地喊着她的名字，对着我的耳朵叫着，对她说一些荒唐话。

哦，他的第一个妻子，从来，永远也没有像那天下午那样使他心碎，让他绝望。他想又一次逃开她，突然，他几乎就是在自己的内心找到了她。

我躺在床上啜泣，头发贴在潮乎乎的鬓角上，羞惭到极点。我不想动，甚至不想遮盖一下身子。我感到没有勇气去死，没有勇气去活。我唯一的愿望只是拖延时间，不去思考。

那将会陷入一种可怜的境地：我背叛了我的情人。

好长一段时间我已经记不清我情人的面孔了，我觉得他离我很远，我给他写信，以便消除误会：

> 我从来没有欺骗你。确实，一夏天，我不得不再次和丹尼尔拥抱。这是一件很讨厌的事情，很邪恶，很可悲。我和他常常待在自己的房间里，闭门不出，一直到傍晚，这是真的。但是，我从来没有欺骗过你。哦，但愿我这斩钉截铁的简单表白能令你满意。我亲爱的，我的傻情人，你把夏天一次短暂的心血来潮断定为不忠贞，使我不得不向你保证和解释：
>
> 不管怎的你也要我说个明白吗？我服从。

一个炎热的日子,我和丈夫关在屋里,面对面地一起哭,差不多是由于神经衰弱,穷极无聊。我和丹尼尔的第二次结合与第一次完全一样。同样无声的渴望,绝望的拥抱。同样醒悟。和上次一样,我躺倒,受到屈辱,喘息着。

这时奇迹发生了。

一声轻微的低语,非常轻微,开始震撼着我。同时,一股带着河水气息、令人愉快的清新渗入房间。那是夏天的第一场雨。

不知何故,我觉得不那么倒霉了。一只手摸着我的肩头。

丹尼尔站在床旁。他脸上露出和蔼的微笑,递给我一只盛有冰块而显得有点发污的水晶玻璃杯。

由于我正无力地抬起了头,他便以从未有过的温柔把胳膊探到我的脑后,经我那干枯的嘴唇,把融入冰糖浆中的森林草莓的芬芳全部倾入我的口中。

我感到舒服极了。

室外雨声渐大,伸延开来。好像每滴雨水都变成更多的银色雨丝,一阵微风吹拂着窗上的丝帘。

丹尼尔又躺在了我身边，长长的几个小时，一动不动。那雨丝慢慢地、慢慢地远去，宛如一群湿漉漉的鸟。

卧室沉浸在蓝色的雾霭中。房间里镜子闪烁着光芒，像是压紧了的水一样，让人想起明净的水塘里那涓涓水流。

当丈夫点燃灯盏时，屋顶上有一只小蜘蛛，天知道它正在那里做着怎样的黄昏之梦，它慌慌张张地逃走，躲起来。"幸福的兆头。"我嘟哝着，又闭上了眼睛，已经有好几个月了，我从来不曾沉浸在如此神奇而生动的幸福之中。

现在你明白我为什么又转向丹尼尔了吗？

他的拥抱对我有什么要紧？然后就发生了那事，已经变成绝对不会错的仪式，他让我饮水。然后是在那宽大的床上歇息。

窗上的丝帘拉得严严实实。我们的房间处在闪着光芒的半明半暗之中，好像在太阳下张开的一顶粉红帐篷。在其中我和白日的抗争没有了苦恼和萎靡不振的眼泪。

我想象着男人们在尘土飞扬的公路上费力地

朝前走去，士兵们在原野上摆开战场，那灼热的大地定然会烧烫他们的皮靴底。我看到一座座城市被无情的夏天惩罚，城市里街上空无一人，店铺都关上了门，好像城市的灵魂都已逃跑，留下的只是城市的遗骸。柏油被太阳烤化了。

这时我觉得喉咙里有一个奇怪的硬核，几乎使我窒息。雨下开了，于是头天的那种幸福笼罩着我。我觉得水顺着我发烧的额角舒畅地下滑，滑到我饱含着哭泣的胸膛。

哦，我至爱的朋友，现在你明白了吗？我从来不曾欺骗你。

这全然是一时兴起，是夏天里无害的心血来潮。你是我第一个，并且是唯一的情人。

所有的枯叶堆都点燃了。花园弥漫在烟雾中，就像几年前沉浸在雾霭中一样。今天晚上我睡不着。我从床上跳下来，打开窗户，屋外和我们关得严严的房间里一样，静极了。我又躺下，于是做梦了。

有一个人的头倚在我怀里。这个头一分钟一分钟地变得越来越重，直至压得我喘不过气来。我醒来。难道这不是一种召唤？就是在一个这样的夜晚我遇到了他……也许第二次相逢的时候到了。

我披上一件外衣。我丈夫坐起来，半睡半醒：

"你到哪儿去？"

"我透不过气来，要走一走……你不要这样看着我。难道前几次在同样的时候我没有出去过吗？"

"你？什么时候？"

"我们住在城里的时候。"

"你疯了！你大概是做梦。从来没有过这样的事……"

我抓住他摇晃。

"你不必摇晃我，我非常清醒。从来没有。我再说一遍，从来没有！"

我让自己的声音保持平静，试图说服他：

"你想想，是一个有雾的晚上。我们在大餐厅吃饭，点上了蜡烛……"

"是的，我们喝了那么多酒，吃得那么好，以至于一下子睡了一整夜！"

我喊道："不！"我恳求："你想想！你想想！"

丹尼尔定定地看了我有一秒钟，然后挖苦地问道：

"那天晚上你散步时遇见了什么人？"

"遇见了一个男人。"我挑衅地回答。

"他和你说话了吗？"

"是的。"

"你记得他的声音吗?"

他的声音?他的声音是怎样的?我不记得。为什么我不记得他的声音?我脸色煞白,我觉得我脸色煞白。我不记得他的声音……因为我不知道他的声音是怎样的。我回顾着那奇特的夜晚的每一分钟。我向丹尼尔说谎了,说那个男人和我讲话,那不是真的。

"他没有和你说话?你看,那是一个幽灵……"

我丈夫的这个疑问也渗入我的内心。这疑问很荒谬,然而是个大问题。我感到胸中火烧火燎。丹尼尔说得对。那天晚上不知不觉喝了很多酒,我可是从来不喝酒的。可是城里的那个广场,我原来没见过,但它却存在……怎么可能只是在我的睡梦中想象出来的?……我的草帽呢?那么,我把它丢在什么地方了?

可是,我的上帝。那么漫长的一个晚上,一位情人怎么可能不开口?只有在梦中,人才会无声无息地动作,像个幽灵一样。

安德烈斯在什么地方?我怎么直到现在才想起来问问他!

我要跑去问他:"安德烈斯,你从来没见过幻影吗?""哦,从来没有,夫人。""你还记得那陌生人的马车吗?""我记得,就像是今天一样,我还记得他向夫人微笑呢……"

他不会再说什么了，但是这足以把我从这疑惑中救出来，因为我情人的存在，如果有一个人见证，那么谁能担保不是丹尼尔忘记了我那次夜间散步呢？

"安德烈斯在哪儿？"我问孩子的父母，他们坐在楼前。

"他一大早就出门去清扫池塘了。"他们回答我。

"我在那儿没见到他，"我紧张地叫道，"我需要马上见到他，马上。"

安德烈斯在哪儿？人们呼唤他，在院子，在花园，在树林里找他。

"他大概没打招呼就进村去了。夫人请不要着急。这游手好闲的家伙一会儿就会回来的……"

我等着，等了一整天，安德烈斯没有从村里回来，第二天早上发现在池塘里漂浮着的木筏上有他的麻布衬衫。

"那张网可能挂住什么东西，大概把他拖下水了。可怜的人，他不会游泳。"

"你说什么？"我打断他。丹尼尔奇怪地看着我，我抱着他，绝望地喊："不，不，他必须活着，你要找到他。"

人们果然去寻找他。两天以后拖出他那变得青紫的尸体。眼眶里满是银色的冰冷的气泡,嘴唇经不住池水和时间的侵蚀,被死神咬噬。

面对他那一声不吭跪倒在地的父亲,我斗胆摸了摸他,并且呼唤他。

现在我可怎么活下去呀?

夜复一夜,我听着每一列火车驶过。随后看到晨光慢慢渗进房间,那是一种肮脏的凄惨的光。我听着村里的钟报每一个钟点,召唤人们去做各场弥撒,从我婆婆和两位女仆匆匆去赶的早晨六点钟的那场算起。我听着丹尼尔有节奏的呼吸,他好不容易才醒来。

当他从床上爬起时,我就闭上眼睛装睡。

白天我不哭,我不能哭。我突然感到寒热。那寒热每秒钟都从头到脚飞快地穿过全身,我觉得自己在打寒战。

要是我真生病了该有多好!我全心全意地希望高烧或剧痛横亘在我和自己的疑惑之间。

我对自己说:如果我能忘却,如果忘记了一切,忘记了我的经历、我的爱和我的痛苦,那该有多么好!如果我能心甘情愿地像我进城以前那样生活,也许就恢复平静了。

于是我强制自己平静地生活,把我的想象和精神集中到每分每秒的活计之中。

我毫不分心地监视着人们费力地修复被大风吹倒的藤篱笆，让人把屋顶上的蜘蛛网打扫干净，吩咐人叫来锁匠，撬开一件家具上的锁，那里有尘封的排成行的书籍。

我拒绝一切梦想，处心积虑地把自己幽禁在最卑微的快乐中：挑选马匹，跟管家进行他每日的巡查，和婆婆一起拣蘑菇，学着吸烟。

哦，与一个长久相爱、给她们生活增添火热情节的恋人破裂时，女人们应当做些什么才能忘却？

我的爱曾到过这里，潜伏在每一件东西的后边。我周围的一切都浸染了我的思想，一切都使我与某种回忆撞击。森林，多年来我待在那里，听凭自己的忧郁和幻想驰骋；池塘，因为有一天游泳时，在塘边见过我的情人；那壁炉里的火焰，因为每天晚上，他的形象为我呈现在那火焰中。

我不能照镜子，因为我的身体会让我回忆起他的抚摸。

我跑东跑西，为的是能一气应付所有的一切，为的是在一天经受所有的打击，然后我倒在床上气喘吁吁。

但是我怎么也无法消除任何一件旧物对我的伤害。所有的东西好像都有一种永不消散的毒药。

我的爱也隐藏在我的一举一动中。像往常一样，我常常伸开臂膀，去拥抱一个看不见的东西。我半睡半醒地起来写字，手里拿着笔，突然想起我的情人已经死去。

"多久，需要多久这些映像才会消逝，被别的映像代替？"

有时，我用几分钟散散心，我会突然感到又要回忆了。一想到痛苦即将来临，我就心头发紧。我攒足力气抑制痛苦的包围，然而痛苦依然来临，咬噬着我。于是我叫喊，我轻声叫喊，免得有人听见。我是一个对自己的恶症感到羞愧的病人。

哦，不！我不能忘却。

要是我忘却了，可怎么活下去？

我现在很清楚，若不是靠着我这种恋情使我的生活处于这种状态，我是无法忍受那些人、那些事和那些时日的。

我的情人对我来说，不仅是爱情，而且是我生存的理由，是我的昨天、今天和明天。

那消息是一天凌晨到的，是我丈夫在我眼前拼命挥动的那份电报带来的。当我拼命驱赶由于被突然叫醒而造成的糊涂感觉时，丹尼尔惊慌失措地跑去拼命敲他母亲的房门。几秒钟后我才明白蕾希娜快死了。我们要马上进城，不得耽搁。我从床上坐起来，心里非常快乐，简直是一种残忍的快乐。进城去，我的一切苦恼都可以在那里解决。穿过大街小巷，找到那座神秘的房屋，去看那个陌生人，和他说话，也许还……但那事嘛，我以后再去梦想。福，不要一下子享尽。我已经有足够的福气使我能轻快地跳下床。

我想到我快乐的理由也是一种不幸。我严肃地、心不在焉地吩咐仆人，整理行装。

在火车上我问起蕾希娜怎么会这样？他们望着我，感到奇怪，感到愤怒。我一直在想什么？难道我不明白，让大家不安的正是因为这个消息含含糊糊？他们以这种方式告诉我们，很可能只是为了不让我们担惊受怕。也许蕾希娜已经……说实话，我心不在焉，近乎疯狂。

我没回答，整个旅途中我好不容易才忍住顽固地凝结在我脸上的希望的微笑，它使我的脸显示出从未有过的生动。

丹尼尔、他母亲和我站在诊所的厅里，默默不语，眼睛盯着门口，是一小群不幸的人。这是一个寒冷和多雾的早晨。我们四肢麻木，心由于焦虑而紧缩，好像也麻木了。

要不是一股乙醚和消毒剂的气味，我还以为自己是在寄宿过的修道院的探访室里呢。这里有同样缺乏个性的可恶的家具，同样高高的、光秃秃的窗户，开向我痛恨的同样泥泞的公园。

门开了，来的是菲利佩。他脸色并不显得很苍白，也并不邋遢，也不像哭过的人那样眼皮浮肿，眼圈发黑。不！他遭受了比这一切还要糟糕的事情。他脸上有一种说不出的表情，很悲壮，但是猜不出与什么感情相关。他的声音冰冷而凄楚。

"她朝自己开了一枪，也许还能活。"

一声呻吟，然后止住。母亲扑上去搂着儿子的脖子，克制着啜泣："可怜的，可怜的菲利佩！"

儿子的神情像个梦游者，扶着母亲，面不改色，好像在同情别人……丹尼尔摁着前额。

"她是从她情人家里被抬出来的。"他低声对我说。

我望着他，非常看不起他这种猥猥琐琐的反应。自尊和荣誉感都受到了伤害。

我知道对待这种处境最为恰当的情感是怜悯。但是我没有这种感情。我很不安，朝窗前迈了一步，把额头抵住沾满雾气的玻璃。我尽力使自己变硬的心脏跳动。

蕾希娜！几个星期的搏斗，绝望而无用的抗争，漫长的夜晚，终于使想法扭曲、疯狂；梦中暂时解脱，醒后记得更真切，真切得残酷，最后把她逼到这一绝路。

蕾希娜懂得痛苦，她忍受不了那焦灼感。她无法在痛苦中等待那必定无疑的遗忘时刻，因为她突然不能再面对面地看着他了，一天也看不了啦！

我懂得，我懂得，然而我还是感动不了。自私，自私，我对自己说。但是我心里拒绝这一种咒骂。实际上我觉得自己不感动没有什么错儿。我不是比蕾希娜更可怜吗？

蕾希娜这一举动的背后是一种强烈的感情，完完全全是一种充满激情的生命。我只靠着一个回忆维持生命，这回忆的火焰要靠我日复一日地提供给养，以防止它熄灭。那是一个如此模糊而又遥远的回忆，近乎某种虚构。而蕾希娜的不幸在于：创伤是一种爱的结果，一种真正的爱，这是多年来凝聚的爱；有书来信往，有抚摸，有怨艾，有眼泪，有哄骗。我头一次觉得自己不幸，自己从来都是极端的、完全的不幸。

这短促的、单调的啜泣难道是我的吗？像打嗝一样可笑地啜泣的人难道是我吗？这突然打破和谐的啜泣是我的吗？

人们把我扶到一张沙发上让我躺下，叫我喝一种非常苦的水。有人轻轻地捶着我的背，使我很不耐烦。一位举止庄重的先生亲切地低声和我说话，好像我是病人似的。

但是我不听他的。当我站起来时，一个决心已经下定。

热度烧灼着我的鬓角，我的喉咙发干。在抹去一切东西形状的雾霭中，我听到第一次脚踏实地的沉闷脚步，现在那脚步声使我不快，令我苦恼。我觉得好像有什么人奉了一道密令，在毫不留情地跟随我。

我寻找一幢房屋，它的百叶窗紧闭，栅栏生锈。这大雾哟！要是有一阵风把轻纱般的雾吹开该有多好！只要这一下午就行。我就可以找到那座在两棵弯弯曲曲的枯树后面的房屋正门了，我找它已经找了两个钟头。我记得那房子就在一条呈斜坡的窄巷里，那道斜坡不规则地铺着的砖石的缝隙间长着青苔。我还记得房子离小广场很近，在小广场上，那个陌生人拉着我的手……

但现在连那个小广场也找不到了。我觉得自己完全是顺着几年前的原路走，但是我兜着圈子走了又走，毫无结果。那雾霭用它那迷蒙的屏障挡住了视线，使人无法直接看见人，看见东西，让人觉得被孤立于自身。我觉得被孤立于自身。我觉得自己走在空荡荡的街道上。

在这如此深沉的寂静中，我突然觉得自己的脚步变成了一种无法忍受的声音，世上唯一的声音，那么规则，好像是故意的。在其他星球这脚步声必定会获得神秘回声。

我跌坐在一条长凳上，好让寂静笼罩着天地万物，还有我的内心。现在我全身像火炭一样燃烧。

我身后好像有一股强劲的吹气，一股从未有过的清新渗入我的后颈和肩膀。我回过头来，看到雾霭中的树木。我正坐在小广场边。广场上的喷泉沉默了，但是绿色小径发出一股潮气。

我没叫喊一声，就站起来跑开。进入右边第一条街，拐了一个弯，我看到两棵大树，它们的枝杈粗大而扭曲，还看到一座房屋，正面是黝黑的铜锈色。

我已经来到我情人的房屋前。百叶窗依然紧闭，直到傍晚他才会回来，但是我想先品味一下待在他家前面的快乐。我高兴地观赏着那一座弃园。我紧握着那冰冷的铁栅栏，是为了体验它实实在在地挨着我肌体的滋味。那不是一场梦，不是的！

我摇晃了一下栅栏门，门吱吱呀呀地敞开了。我发现那旧链条没有拴住门。我突然感到一阵不安，飞快地跑上台阶，站在玻璃门前，按了一下生锈的门铃。远处一声铃响回答了我这个动作。过了几分钟，我都打算走了，也不明白是为什么又等了一分钟。我感到一阵眩晕，门开了。

一个仆人用目光邀我进门。我不知所措，向里面迈了一步。走进一个门厅，那里有一道玻璃走廊，通往花团锦簇的园子。虽然光线并不刺眼，我仍然费力地眯缝着被照花了的眼睛。我不是正希望沉浸在这半明半暗之中吗？

"我去通报一下夫人。"仆人提示道，他走开了。

夫人？什么夫人？我朝周围看了看。可这幢房子和我朝思暮想的房子有什么相干？家具很俗气，帷帘的颜色刺眼，房角有个钩子挂着一只鸟笼，里面有两只金丝雀。墙上挂着普普通通的人物照片，没有一张照片里可以认出我的那个陌生人。

远处一声呻吟打破了寂静，那是一声镇静自若的呻吟，好像从楼上传来。我突然感到它很亲切。为了辨别方向，我闭上了眼睛，就像那天晚上一样。我摸索着登上一道楼梯，我发觉现在上面铺上了地毯。我沿着窄窄的楼梯向上，朝那一直呼唤着我的呻吟声走去。我觉得那声音越来越近。我推开了最后一道门，一看：那柔软的大床和原先的印花窗帘哪里去了？墙壁上满是书和地图。一个孩子站在灯下的乐谱前，正在学拉小提琴。

楼梯下仆人毕恭毕敬地等着我。

"夫人不在。"

"那么她丈夫呢？"我突然问道。

一个冷漠的声音回答：

"先生？十五年前就去世了。"

"怎么？"

"他是个盲人。从楼梯上滚了下来。我们发现他死了……"

我走了，我逃了。

我还渺茫地希望是我搞错了那条街，继续在这鬼怪的城市里游荡。兜了一圈又一圈，我还想找下去，但是天已经黑了，我什么也看不清了。再说，还奋斗什么？这就是我的命运。那房子，我的爱，我的经历，这一切都消散在迷雾中，就好像一只热烘烘的爪子突然从后颈抓住了我；我记起我在发烧。

又是医院的气味。丹尼尔和我穿过通往黑暗洞穴的一扇扇门，那里有模糊不清的身影在走动。

"听说她失血很多。"我想。同时一名女护士把我们带进一间屋子里，那里有一个女人躺在一张白色的铁床上。

蕾希娜现在那么难看，好像是另外一个人。几绺直溜溜的头发，好像沾满了汗水，吊在半截脖子上。人们把她的头发剪短了。她的鼻翼变得半透明，她躺在床单上，一只手奇怪地拘挛着，一动不动地平放在那里。

我走到跟前。蕾希娜的眼睛眯缝着，呼吸困难。我好像要去抚摩她，触摸到她瘦骨嶙峋的手。我对这个动作马上后悔了，因为我轻轻一碰，她便把头扭向枕头另一边，发出长长的叹息；接着突然坐起，但又重重地倒下，绝望地失声痛哭。她呼唤着她的情人，怀着令人心碎的柔情向他喊着什么。咒骂他，威胁他，求他别让她死去，求他让她活下去，以便能见到他。她恳求在她身上有乙醚和血腥气味时不要让他进来。她又放声大哭。

我周围的人说，从那致命的一刻起，她就这样处在不断的狂热中……

我的心咯噔一跳，我仿佛看到蕾希娜躺在一张还有热气的大床上，我想象着她拥抱着一个男人，生怕跌倒在她身下敞开的空洞里，她曾经下决心从那空洞坠落下去。当人们把她抬到救护车上时，她仰面躺着，想必看到了秋季夜空中所有的星星。我好像看到那情人的一双手，他吓疯了，一剪刀剪下来的两条沾血的辫子握在他手上。

我突然觉得自己痛恨蕾希娜，因为我嫉妒她的痛苦，她悲剧性的经历，甚至痛恨她可能的死亡。我发疯似的想走到她跟前，狠狠地摇晃她，质问她有什么可抱怨的！她什么都曾经有过：爱情、狂乱和被抛弃。

刚好在我要离开的那一时刻，一辆急救车驶进医院。我紧贴着墙，好让车开过。在大门洞里有几个人在说：

"是个小伙子，汽车轧了他……"

钻到一辆汽车轮子底下需要一种不知不觉。我闭上眼睛，尽量在一秒钟内不思索。

我觉得有人冒冒失失地把我使劲往后拽。一股旋风和一阵刺耳的声音从我前面扫过，我摇晃了一下。倚着那以为救了我一条命的冒失鬼的胸膛。

我懵懵懂懂，抬起头，看到一个陌生人红红的干瘦的脸膛。然后我猛然走开，因为我认出是我丈夫。好多年了，我对他视而不见。我突然觉得他是那么苍老！我是这个很老的人的伴侣，这可能吗？可是我记得，结婚时我们同岁。

我突然看见自己赤裸的身体躺在停尸房的一张台子上，肌肉枯萎，贴在窄窄的骨架上，肚子塌陷在两胯中间……一个快老的女人自杀，多让人恶心又毫无用处！难道我的生命不已经是死亡的开端？死亡是为了逃脱，难道有什么新的失望吗？难道有什么新的痛苦吗？假如在前几年，凭借一股反叛的冲动，毁灭我身上积蓄的力量，以免看到它们白白损耗，也许还有点道理。可是如今连我寻找死亡的权利也被无情的命运夺走了。命运慢慢地、不知不觉地把我围困在一种衰老里，没有激情、没有回忆……也没有过去。

丹尼尔搀着我的胳膊，非常自然地走起来。看来对刚才的事情他一点儿也不在意。我想起我们的新婚之夜……而他呢，现在他对我的痛苦浑然不觉。我想也许这样更好，就跟在他身后。

我跟随着他，去操持那无穷无尽的琐碎营生，去履行没完没了的宜人的床笫之欢，出于习惯哭泣，为尽义务微笑。我跟随着他去规规矩矩地活着，为了哪一天去规规矩矩地死去。

在我们周围，雾霭终于使一切都凝固了。

穿裹尸衣的女人

卜　珊　译

暮色初垂，她便微微睁开了双眼。噢，只睁开一点儿，就一点点，仿佛她只想躲在她那长长的睫毛后面偷窥一番。

此时，在那高高的明烛照耀下，那些为她守灵的人们正俯下身来，观察着她眸子中那丝连死神也无法夺去的明澈的光。他们俯下身来，带着敬意，怀着惊诧，却并不知道她也在注视着他们。

因为她看得到，感受得到。

她就这样一动不动地仰卧在宽宽的灵床上，床上铺着的平日总被锁起来保存的绣花床单，正散发着薰衣草的香味。一袭白缎的长衣裹住她的身体，如往常一样将她衬托得那样妩媚。

她隐隐看到自己的双手，交叉着轻轻放在胸前，按在一个十字架上，如两只安静的鸽子一般柔弱。

在她病中变得越来越湿、越来越沉重的浓密长发也已不再堆在她的颈下令她不适。

人们终于得以将她的头发梳理整齐，从前额处分到两边。

其实，他们在此之前一直没用心整理过她的头发。

不过，她很清楚，一头如阴影般铺开来的浓发会给所有躺着沉睡的女人带来一丝神秘的阴郁，平添一种令人心动的魅力。

突然，她感到自己连一道皱纹也没有了，感到自己从没像现在这般苍白而美丽。

一阵巨大的喜悦袭击着她。在那些人的记忆中，她总是被一些无意义的不安所吞噬，总是在痛苦中，在庄园那冰冷的空气中凋零憔悴，而现在，就让他们为她的美丽而赞叹不已吧。

所有的人得知她的死讯，就都聚到那里，围绕在她身边。

她的女儿在那儿，这个一头金发、身形灵巧的姑娘正为她二十岁的年龄感到自豪。她曾给女儿看过一些旧肖像，试图让她明白她的母亲也曾美丽优雅，每当这时，女儿都会露出嘲讽的微笑。她的儿子们在那儿，他们似乎已不愿承认她还有生活的权利。她的这些儿子们哪！她的古怪任性曾令他们不耐烦，他们曾因发现母亲在烈日曝晒的花园中奔跑而觉得丢脸。他们桀骜不驯，厌恶任何客套恭维，可当他们那些年轻的伙伴假装错把他们的母亲当成他们的姐姐时，他们也会暗暗得意。

曾亲眼看着她出生的索伊拉也在那儿。从她呱呱落地的那一刻起，她的母亲就把她托付给索伊拉抚养；有时，母亲准备登车去城里，她总是紧紧抓住母亲的裙子哭个不停，母亲只好用力挣脱，每当这时，索伊拉的双臂便如摇篮一样抱住伤心的她摇呀摇。

索伊拉！在不幸的日子里，她是可以信赖的忠仆；在幸福的时刻，她又成了被遗忘的温和静默的老人！她就在那里，清瘦矍铄，让人猜不出她的年纪，就好像她血管中流动着的阿劳加人[①]的鲜血已将她挺拔的身影化成了石像。

还有一些朋友也在那儿，这些老朋友，似乎已经忘记了她也曾苗条美丽，也曾幸福快乐。

她回味着她那些天真的虚荣，久久地，一动不动地躺着，被各种各样的目光所吞没，就像被一股不可

---

① 南美洲阿根廷、智利一带的土著居民。

抗拒的力量剥去了所有的衣服。

雨滴落在树林中，滴落在屋顶上，发出喁喁低语，使她一下子全身心陶醉于那悠然凄怆的情调。在那些漫无尽头的秋日长夜中，水滴的叹息声总是让她沉浸于此类感受中。

雨滴落下来，轻柔、宁静、绵绵不绝。她听着那雨滴落下来，落在屋顶上，落在树顶上，甚至压弯了松树的伞状树冠，压弯了蓝色雪松粗大的枝丫。雨滴落着，落下来，淹没了三叶草，冲刷着条条小径，雨滴落着。

雨停了，她聆听着风吹动磨坊风车使锈铁片有节奏地发出的清亮的降半音。风车翼翅的每一次拍击，都会触动她被覆在裹尸衣下的胸膛里某根特殊的心弦。

在冥想中，她感到有一个低沉响亮的音符在她体内震颤，可在此之前，她一直不知道这声音就深藏在那里。

接着，又下起了雨。雨滴落着，静静地，绵绵不绝。她倾听着那雨丝的飘落。

雨滴落下来，在窗户玻璃上如眼泪般流淌着；雨滴落下来，使湖泊延伸到天际；雨滴落下来，落在她心上，浸润着她的心灵，溶解着她心中那份憔悴和伤感。

雨停了，风车的叶轮又开始了沉重而有规律的转动。可是在她那里已无法找到那根重复着单调和声的心弦。风车的转动声正从万丈高空悄然坠落，如庞然大物般将她包围，压得她喘不过气来。那风翼的每一下拍击，都使她感到犹如一只巨大的钟表发出的"嘀嗒"声，在天地之间记录着时间……

她不记得自己曾经享有、曾经消受过这样一份情感。

这么多的人、这么多的心事和浑身的不适总是阻隔在她与深夜秘密之间。现在再不会有什么不合时宜的思绪来烦扰她，他们已在她的周围划定了一个禁止喧哗的区域，连那往日狠狠撞击她太阳穴的无形动脉的搏动也停止了。

黎明时分，雨停了，一缕光线勾勒出窗户的轮廓。高高的枝形烛台上，烛火摇晃着，凝成烛块。有人睡着了，头昏昏然歪靠在肩膀上，那些一直转个不停的念珠此时悬空垂着，一动不动。

然而，从远处，从那非常遥远的地方，升起一片有节奏的声响。

只有她听到了那声音，并分辨出那是马蹄的"嘚嘚"声，八只马蹄的"嘚嘚"声正由远而近。

蹄声阵阵，时而轻柔飘忽富有弹性，时而迅疾强劲如在耳畔，忽然，又变得凌乱杂沓，消逝无痕，仿佛被一阵风儿驱散。接着人们又整好马具继续前行，他们不会停止前进，但是据说永远不会到达。

一阵车轮的轰响最终盖过了马蹄的奔腾声。于是所有的人都一下子从梦中醒来，一齐骚动起来。她听见房子的另一头人们打开大门上那复杂的门锁和两个门闩。

接着，她看到人们开始收拾起房间来。他们来到灵床前，换下燃尽的蜡烛，又赶走停在她额头上的一只蛾子。

是他，是他。

他站在那里注视着她。命运曾将那些荒芜而漫长的岁月，一个小时一个小时，一天一天地缓缓地阴沉而又固执地横插在他们之间，而此时，他的到来却使那一切在瞬间消失得无影无踪。

——我还记得你，记得你年少时的样子。记得你那明亮的眸子，你那被庄园的阳光晒得金黄的面庞，还有你那瘦削灵活的身体。

你把阿莉西亚和我当作表姐妹（实际上我们并不是，只是我们两家的庄园紧紧相邻，而我们称你的父母为"叔叔、阿姨"），你用恐怖统治着我们，也统治着你自己的五个姊妹。

你在我们身后追赶，想用鞭子抽打我们的光腿，这情景此刻我依然历历在目。

当你放掉我们的小鸟，或是揪着洋娃娃的头发，把它们挂到法国梧桐高高的树枝上时，我发誓我从心底里恨你。

你喜欢玩弄的恶作剧之一就是在最意想不到的时候，贴着我们耳边"嗷嗷"地高声尖叫。我们被吓坏了，被吓哭了，可你却像没事儿人一样。你还从树林里弄来奇形怪状的虫子，放到我们的背上吓唬我们，并对这套把戏永不厌倦。

你真是个可怕而狠心的家伙。但你对我们却像有着一种魔力。我相信，那时我们大家都对你心存崇拜。

晚上，你又用故事来吸引我们，吓唬我们。你会给我们讲那位黑衣绅士的故事。他隐居在一幢阁楼里，既像位学者，又像个公证人。

他就像丛林中对我们怀有敌意的一切生灵的"统治者"。

他有一个个装满蝙蝠的口袋，还能对那些毛茸茸的蜘蛛、蜈蚣和毛毛虫发号施令。

是他给干枯的树枝重新注入生命，经他一碰，那些枯枝便疯狂地摇摆起来，变成了让人毛骨悚然的"魔鬼的坐骑"。是他在夜晚点亮猫头鹰的眼睛，并给大大小小的老鼠下达出行的命令。

这位黑衣绅士还随身带着一本特殊的账簿，上面记录着在他统治下那些令人讨厌的臣民们的确切情况。那本记录用树皮做纸，用蜥蜴尾巴蘸着吞人沼泽的浆汁书写而成。

有许多年，我们都因为担心黑衣绅士那不祥的来访而吓得夜不成寐。

那安宁的年代带给我们的是快乐的日子，我们爬到场院后面那如山的草料堆上玩耍，从这一堆上跳到那一堆上，沉醉在一片阳光中，丝毫没意识到这有多么危险。

就在那样一个疯狂的中午，我妹妹从背后推了我一下，使我从草堆顶上跌落到一辆满载着草捆的大车上，而你正好躺在那上面。

我已预备忍受你在这类情况下会由着性子做出的最恶劣的举动或最无情的嘲笑，可是我却发现你正在熟睡。你熟睡着，而我，带着从未有过的勇气，在你身边躺了下来。驾车的牛，被雇工阿尼巴尔吆喝着，继续沿着一条我不熟悉的道路慢腾腾地走着。

很快，脱粒机让人心碎的喘息声被抛在了后面，知了的刺耳鸣叫盖过了沉重的车轮发出的"吱呀"声。

我依在你的身旁，屏住呼吸，尽量不让你觉察到我在这里。你熟睡着，而我满怀激情地注视着你，几乎不敢相信我亲眼看到的一切：我们的暴君毫无防备地躺在我的身旁！

睡梦令你如孩童般没有了丝毫戒备，我是不是一时间感到了你的脆弱无助呢？可事实上我根本就没有想到过报复。

你叹着气翻了个身，在稻草堆中，你的一只光脚丫插到了我的双脚之间。

我不知道你改变姿势为何在我心中唤起如此多的温情，也搞不清为什么与你的肌肤轻轻接触会令我感到如此甜蜜。

在你家房子的周围环绕着一圈宽宽的走廊。就在那儿，有天下午你开始玩一种实在新奇的游戏。

两名雇工用长长的竿子捅屋顶上的房梁，而你用猎枪连连射击被迫从藏身之处逃出来的蝙蝠。

我还记得伊莎贝尔阿姨可笑地晕倒在地，还听到厨娘的尖叫声，而你父亲的干预至今仍令我痛苦。

他用一道简短的命令遣散了你的两个帮手，又强迫你立即交出猎枪，然后死死地盯着你，那双眼睛和你的一样狭细、明亮而又冷峻。接着，他举起那条总是随身携带的马鞭，抽在你的脸上，一下，两下，三下。

你面对他，被这突如其来的惩罚搞蒙了，一开始只是一动不动地站着。接下来，你突然脸变得通红，举起拳头堵住自己的嘴,从头到脚抖个不停。

"滚出去!"你的父亲哑着嗓子从牙缝里挤出这几个字。

仿佛正是这句话使你的忍耐达到了极限,你这时才将满腔狂怒化作撕心裂肺的尖叫。你一边不停地叫着,一边跑开,消失在树林中了。

到吃午饭的时候,你还是没有出现。

"他害臊了。"我们这些女孩子这样认为,心中有几分触动,但也有几分幸灾乐祸的快感。我和阿莉西亚不得不离开了,心中为没能看到你回来而感到几分遗憾。

第二天一早,我们就急着前来探听消息,得知你整整一个晚上都没有回来……

"他赌气在山里迷了路,没准儿已经投了河。我了解我的儿子……"伊莎贝尔阿姨抽泣着说道。

"够了,"她丈夫叫道,"他这是想让我们不痛快,就是这么回事儿。我也了解他。"

那天,谁也没有吃午饭。管家、看青人和所有的男人找遍了自家的庄园和邻近的几个庄园。有人说:"没准儿他爬上了哪个雇工的大车,现在已到了镇子上。"

我们和仆佣们(闹出这种事,佣人们都不再做日常的活计了)则时刻竖起耳朵倾听是否有车子到来和马儿小跑的声音；我们想象着你随时会被人们带回来，或者像个囚犯那样被五花大绑着，或者躺在担架上，赤裸的身体惨白惨白的——早已溺水而亡。

与此同时，远处不时传来锯木厂里那急促而又干巴巴的警钟声。

黄昏时分，你突然出现在餐厅里。那时，我正独自待在那儿，斜倚在一张长沙发上。你还记得吗？就是那张晃动不稳的吓人的黑皮沙发。

你半裸着身子，头发乱蓬蓬的，两颊赤红，如燃烧着的两朵红云。

"水。"你命令道。我没弄明白你的意思，只是心存畏惧地望着你。

于是，你流露出轻蔑的表情，走到餐具柜前，大大咧咧地举起玻璃水罐，连杯子也不去找。我走近你。你的整个身体就像一块火炭一样散发着阵阵炽热。

被一种奇特的愿望所驱使，我将那总是冰凉的手指伸向你的手臂。你突然停止喝水，抓住我的手，硬将它们紧紧按在你的胸前。你的肌肤如火般灼热。

我记得，有那么一瞬间，我听到房间的天花板上一只蜜蜂的"嗡嗡"声。

一阵脚步声使你一下松开我，你是那么用劲，让我俩都不由摇晃了一下。至今我仿佛仍能看见你那匆忙抓起水罐的微微颤抖的双手。

后来呢……

在以后的岁月里，我们之间这个甜蜜而又令人害怕的举动一直带着它那份怀旧的色彩，久久萦回不去。

那是一个秋天，雨几乎一直下个不停。

一天下午，覆盖着天空的铅色云幕被撕成了一小块一小块，从北到南流泻出青灰色的光。

我还记得，一次我站在石头台阶上，正摇晃着一棵枞树上那挂满水珠的枝条，耳朵刚刚听到"嘚嘚"的马蹄声，就被人搂住了腰，抱离了地面。

是你，里卡多。整个夏天你都在城里准备考试，这会儿才刚刚回来，你先是让我吃了一惊，又让我坐到了你的马鞍前面。

枣红马咬着马嚼子，变得兴奋起来……忽然，我感觉到了搂在我腰际的那条有力的臂膀，那条陌生的臂膀。

马儿开始走了起来。不知是因为那使我靠近你的有节奏的晃动，还是因为那仍牢牢搂紧我腰肢的手臂，我感到意想不到的惬意。

风吹弯了树木，狠狠抽打着马儿的身子。我们和风搏斗着，逆风而行。

我仰起头来看着你，你的头如奇特的剪影一般映在天空的背景上，天上的流云亦发疯般狂奔不止。我注意到你头发和睫毛的颜色都变深了，此时的你，就像去年离开我们的那个里卡多的大哥哥。

风刮着。我的辫子被吹散了，飞舞起来，缠绕在你的脖子上。

我们突然陷入一片昏暗和寂静当中，那种森林里特有的永恒的寂静与昏暗中。

马儿迈着细碎的步子，小心翼翼地无声地跨过一个个障碍：满是硬刺的玫瑰丛，枝干上长满苔藓的倒在地上的大树。它踏过那些苍白无味的香堇菜花，踏过那些破碎时会散发毒气的海绵状的蘑菇。

但我只注意着你的手臂，你那条一直搂住我的手臂。

你本来可以把我带到树林的最深处，带我去那个你臆造出来吓唬我们的山洞，在那个黑魆魆的山洞里，一头会哞哞怪叫的怪物正蜷卧着睡觉，在许多暴风雨的漫漫长夜里，我们都曾听到它来了又去。

你本来可以那么做。有你的臂膀搂住我，我就不会害怕。

我们在枝叶中穿行，脚下发出神秘的"噼啪"声，如同惊悚的双翅拍打的声音。从那片洼地的底部，升起一阵平和的低语声。

我们下了马，沿着一条被蕨类植物半遮半掩的窄窄的溪流向前走去。突然，从我们身后传来轻微的枝条断裂的声音和怯怯的踏水声。我们回过头去，是一只鹿正在逃开。

蓝色雾霭如舌头一般从枝叶间冒了出来。即将降临的夜色劝阻着我们，不让我们继续前行。

我们慢慢踏上归途。

啊，那么荒唐的诱惑曾攫住了我！我多么渴望去爱恋，去乞求，去亲吻！

我看了看你。你的脸色一如既往，带着几分忧郁，仿佛与你那条有力的手臂毫不相关。

我的面颊紧紧贴在你的胸前。

那种冲动的对象已不再是一位兄长，一位同伴，而是那个在你臂膀中颤抖的强壮而温存的男人。从牧场吹来的风又掠过我们的头顶。我们和风搏斗着，逆风而行。我的散乱的发辫在风中飞舞，缠绕在你的脖子上。

一切恍如只持续了几秒钟，当你搂紧我的腰帮我下马时，我才明白，从你开始搂住我腰肢的那一刻起，一种担心便纠缠着我，现在我又感觉到这种担心，那种害怕离开你的怀抱而引起的担心。

然后，你还记得吗？我绝望地紧紧抓住你，低语着，呻吟着，"来吧"，"别抛弃我"，还有"永远""永不"之类的话语。那天晚上，我将自己奉献给你，只是为了感受你搂紧我腰肢的滋味。

整整三个假期，我都是属于你的。

你觉察到我的冷淡，因为你从来未能使我也感染上你的狂热，这一切只是由于你亲吻中那丝隐隐的野康乃馨的气味已使我得到了满足。

你怯懦地突然抛弃我，难道只是为了遵从父母之命，抑或是源自你那冲动性格的一次背叛？我无从知晓。

我永远不会知晓。我只知道，你离我而去后的那段日子，是我一生中最无所适从、最感悲伤的日子。

哦，这第一次爱情，第一次幻灭带来的折磨呀！当我与我的过去抗争，而不是将它忘却的时候，那是怎样一种折磨呀！我就这样一再让自己柔弱的心去体验同样的回忆，同样的愤怒，同样的疼痛。

我还记得那把左轮手枪，我把它偷来藏在我的衣柜里，枪口插在一只小小的缎子鞋里。一个冬日的午后，我来到树林里，腐烂的落叶紧紧贴在地面上，树上的叶子湿漉漉地悬挂着，如破布一般了无生气。

终于，我在远离房屋的地方停了下来，从大衣袖子里取出了手枪，犹豫不决地抚摸着它，仿佛在抚摸一只惶惑不安、会扭动身子咬人的小兽。

我异常小心地将手枪对准自己的太阳穴,又对准自己的心脏。

然后,我猛地转过枪口,冲着一棵树开了枪。

那是一声脆响,一声毫无意义的脆响,就如同风抽打床单发出的声音。可是,哦,里卡多,在那儿,在树干上,留下了一个骇人的弹孔,泛着火药的黑色。

我的胸膛将这样被撕扯开来,还有我的肌肤和分散在我周身的血管……啊,不,我也许永远不会有那份勇气!

我精疲力竭地瘫倒在地,呻吟着,用握紧的双拳捶打着地面。啊,不,我也许永远不会有那份勇气!

但是,我想死,我向你发誓,我想死。

那是哪一天?我无法弄清那种惬意的疲劳感是从何时开始的。

起先,我想象着春天会因令我憔悴而欣然,可春天却仍隐藏在冬日的地下,只是时时通过地上那些半开半合的小孔呼吸着,湿润而馨香。

我还记得,我懒洋洋地,无欲无求,冷漠的身心已不愿去感受激情和痛苦。

我任自己沉入那份意外的平静中,心中猜想这只不过是一次间歇。难道，明天，痛苦不会更折磨人吗？

我不再激动不安，不再四处走动。

然而，那种消沉，那种迷睡的感觉却一天天在增长，虚假地将我环抱其中。一天早晨，我打开房间的百叶窗，忽然发现，花园里那些灰色树枝的枝头，绽出了成千上万和大头针头一般大小的嫩芽。

在我身后，索伊拉正在一边折起蚊帐的薄纱，一边叫我去喝那杯每天必喝的牛奶。我沉思着，没有答话，继续欣赏着眼前的这个奇迹。

很奇怪，我那对小小的乳房如同燃烧起来一般，仿佛也想伴着春天绽放开来。

忽然，好像有人在我耳边轻声低语。

"我已经……啊！……"我叹息着，将双手放在胸前，脸上泛起了红潮。

许多天里，我都因沉浸于幸福而神情恍惚。你已经为我打上了永恒的印记。尽管你已抛弃我那卑微的肉体，但你却继续占有着它，用你无形的双手抚摩着它，改变着它。

我丝毫没有想到所有那一切会带来的后果。我只想享受你在我腹中的存在。倾听你的亲吻，让它在我的身体内成长。

孟春时节，我让人将吊床拴在两棵榛树中间，一连几个小时躺在那儿。

不知是什么原因，风光、景物，一切的一切都变成了我消遣的缘由，令我心旷神怡：森林那绵延起伏的暗影在地平线上一动不动，如同一片准备涌动起来的巨浪；飞来飞去的鸽子，在我膝头的那本摊开的书上划过一道道转瞬即逝的影子；还有锯木厂里传来的持续不断的旋律——那音符尖利、持久而又甜蜜，如同养蜂场里那种嗡嗡的鸣响——在那明净的午后，划破远近屋舍间的长空。

忽然，那些荒谬可笑的欲望开始对我纠缠不休，没有理由，却那么强烈，以至于最后变成一种令人痛苦的需求。开始，我想早餐时吃一串玫瑰红的葡萄。我设想着那颗粒密密实实的葡萄串，还有那水晶般剔透的果肉。

很快，我就明白了，这个愿望根本不可能得到满足——我们没有葡萄园，而从庄园到城里足有两天的路程——于是我又想到了草莓。

然而，我并不喜欢园丁从树林里为我采来的草莓，我喜欢那些冰冻的红草莓，凉凉的，红红的，带点覆盆子的味道。

我曾在哪儿吃过这样的草莓呢？

"……于是小姑娘来到花园里开始扫雪。扫帚一下下地扫出许多散发着香气、熟透了的草莓来,小姑娘高高兴兴地把草莓带给继母……"

那样的草莓!我正是想要那样的草莓!故事中的神奇的草莓!

怪念头一个接一个地冒出来。现在我又渴望用黄色的毛线来编织,渴望着有一片长满向日葵的土地,好让我花上整整几个小时去注视它们。

哦,将我的视线投向那片金黄中吧!

我就这样生活着,贪恋着气味、色彩、味道。

可就在这时,一个不安的声音不合时宜地唤醒了我:

"被你父亲知道了怎么办?"我试图安慰自己,回答道:

"明天,明天我就去找那种草药……也许我会去拜访那位住在茅屋里的女人……"

"在你的处境变得不可救药之前,你得拿定主意。"

"嗨,明天,明天吧……"

我还记得,我感到自己仿佛处在一道冷漠和慵懒的保护网中,安然无恙,对打发时光、睡觉、吃饭等日常琐事以外的一切都漫不经心。

明天,我总在说,明天吧。就这样,夏天到了。

夏天的第一个星期让我满怀忧伤，这无法解释的忧伤随着月儿的盈满而与日俱增。

在第七天的晚上，我再也无法入睡，只得起身下楼来到大厅里，打开那扇通向花园的门。

幽蓝的天空映衬出一棵棵柏树寂然不动的剪影，池塘犹如一块蓝色的金属薄板，房屋则投下它那蓝天鹅绒般长长的影子。

静静的，一片片树林沉默不语，似乎已在这蓝色的月圆之夜的咒语中化作了石头。

我久久地站在门槛处，不敢走进那个全新的无法辨认的世界，那个如同已经沉陷在死寂中的世界。

忽然，从房子的一个塔楼上，飘出一条窄窄的羽毛纱带来。

那是一群白色的夜枭。

它们飞翔着。翅膀的扇动柔韧而又沉重，如夜色一般无声无息。

一切都是那么和谐，以至忽然间，我忍不住泪流满腮。

而后我感到自己已从一切痛苦中解脱出来，就仿佛那折磨我的痛苦一直在我身体内左试右探，直到随着我的泪水逃逸出来。

可是，第二天早晨，我却重新感到那份忧伤沉甸甸地压在我的心头，它压迫着我，每一分钟都变得越发沉重。于是，折腾了许多个小时之后，它又选择了同前一天晚上一样的逃逸之路，离我而去，但却没有为我揭示它存在的神秘理由。

第三天又发生了相同的事，第四天仍是如此。

从那时起，我就终日期待着泪水。我期待着泪水，恰如人们在夏季最炎热的日子里期待着暴雨。一句逆耳的话，一个特别温柔的眼神，都会使我泪如泉涌。

我就这样被监禁在自己的世界中，就这样生活着。

夏天就要过去了。暴风雨往往裹着蓝色的闪电骤然袭来，如同焰火那最后的光芒一般突然划过。

一天下午，当我冒险踏上通往你庄园的那条道路时，心开始跳个不停；它用力吸进鲜血，又猛地将它喷射到我身体的内壁上。

一股陌生的力量从地平线的那边吸引着我的脚步，在那儿，闪电如同引人产生幻觉的信号在我面前升腾起来，划破长空，照亮黑沉沉的天际。

"来吧，来吧，来吧！"暴风雨似乎在狂怒中向我吼叫。

"来呀。"而后它又轻声细语，声音低沉而微弱。

行至途中，一股不断增长的甜甜的热流使我兴奋起来。

我继续前行，此刻只是为了再体验那种充满活力的感觉。

我几乎跑了起来，沿着通向洼地的小径冲了下去，在那儿，几幢房子正掩映在忍冬丛中，几只狗吠叫着冲我迎了上来。

我还记得，在厨房里，管家的妻子给我搬来一把藤椅，我筋疲力尽地瘫坐在上面。那可怜的女人不停地唠叨着："这鬼天气！""哪儿都湿漉漉的！""堂里卡多是今天下午到的。""他正歇着呢。""他让人到吃饭时间再叫醒他。""小姐最好在下大雨之前回您的庄园去……"

我呷了口马黛茶，驯顺地垂下了头。

"堂里卡多是今天下午到的。"我们之间是多么心气相通啊，我的感觉已向我告知了你的归来！

我没有打搅你，没有。我了解你被吵醒时那暴躁的脾气。我匆忙地转回家去，第一批雨点已经落了下来。

但是，当我将你留在身后，留下你半裸着身子，在那间散发着封闭的空气味道的房间里睡觉时，我感到那股撞击我太阳穴的甜蜜的狂热正渐渐平息下去。

当我坐在饭桌前，面对着怒气冲冲的父亲时，我已被冻得双手僵硬，浑身发抖……父亲抱怨我天生总是迟到，开饭铃都已响过三遍了；阿莉西亚和我只知道疲疲沓沓地过日子，而他和我的兄弟们却得和雇工一样干活……他们需要按时吃饭，唉，如果我们的妈妈还活着那该有多好……

接下来的一天，我一直在等你，因为我天真地以为你是为了我才回来的。

黄昏来临，我正躺在吊床上，突然感到那报信般的心跳。我起身踱起步来，又一次感受到我身体内那生命之花的绽放。我一止步，那种快感便也踌躇不前，盘桓在我体内。但我刚一加紧脚步，它就又一次猛烈地躁动起来。

仿佛是我的心——我那血肉之躯中的心，引导着我向北面的栅栏走去。

几乎迎着那夕阳的光盘，我看到，远远的，在长满三叶草的平原的那一头，在那被霞光染成血红的广袤天宇下，在如潮水般涌动的马群中间，闪动着一位骑手的身影。

那是你。我立刻就认了出来。我靠在铁丝网上，只能瞬息间用目光追随着你。因为只一瞬，你便伴着夕阳消失在地平线上。

就在那一夜，在远未天明之前，我梦见……你我紧拉着手奔逃在一条没有尽头的走廊中。霹雳追赶着我们，劈倒一棵又一棵犹如不可思议的柱子般支撑着石头拱顶的白杨，那石头拱顶接二连三地在我们身后碎裂，轰然落下，却没能将我们压住。

一声巨响将我抛到床下，我醒来时发现自己四肢颤抖着躺在房间中央。

这时，我终于听到了狂风持久尖厉的呼啸。

百叶窗抖动个不停，门被吹得砰砰乱响，无形的帘幔飞舞着抽打在我身上。我感到自己仿佛被卷走了，迷失在可怕的龙卷风的中心。那龙卷风正拼命想把房子从地基上连根拔起，将它裹挟而去。

"索伊拉！"我大声喊道，但是狂风的呼号淹没了我的声音。

甚至我的思维也仿佛摇摆不定，如烛火一般渺小飘忽。

我到底想要什么？我当时仍不明白。

我跑向门口，打开门，像梦游者一样伸出双臂，艰难地走进一片黑暗中；脚下的土地沉入一片奇特的虚空中。

索伊拉在楼梯脚下找到了我。那晚余下的时间里，她无声地哭泣着，为我擦拭那汩汩的血流，在那血水中，交融着你我的那点骨肉夭逝了……

第二天，我又一次躺在回廊上，睁着孩童般无邪的双眼，天真地皱紧眉头，带着怒气，织着毛活儿，我编呀，织呀，仿佛我的生命就在其中消逝。

她的情人又懦弱地突然抛弃了她，难道是迫于某种强制命令？抑或是源自他那冲动性格的一次背叛？

她无从知晓，也不想再为解开这个在她第一次青春中苦苦折磨她的谜团而苦恼、绝望。

事实是，无论是出于无意，或是由于害怕，两个人已各自走上了不同的道路。

后来，整个一生，他们都如达成协议一般彼此回避着。

可是现在，现在他站在那儿，沉默不语，面有戚容；现在，他终于敢于重新面对面地注视她，滑稽地眨着眼睛，这神情她自打他孩提时就熟悉，每当他动情时便是这样。现在看到这神情她明白了。

她明白了原以为已死去的爱只是在她的体内沉睡着，蛰伏着，这个男人对她来说从未完完全全一刀两断。

就仿佛她的一部分血液始终在滋养一个胎儿，而她自己却不知道这胎儿在她腹中的存在。它那样悄悄地，在她的生活之外，与她同时成长。

她明白了，她一直在无意中急切地等待、渴望这个时刻。

人只有死去后才能弄明白某些事情吗？现在她也明白了自己在那个男人的心中，在他的感觉中，也扎下了根。她从来没有完完全全地孤独过，尽管她时时这样认为；她也并未被真正地忘记过，尽管她常常这样想。

要是早知道这一切，她就不会在那么多难以入眠的夜晚，点起孤灯，信手翻看书籍，以便阻截那如潮的往事；也不会回避公园里的某些角落，某些独处的机会，以及某些音乐；更不会害怕过于炎热的春天的第一缕轻风。

噢，天啊，天啊！难道人只有死去后才会弄明白这些事情吗？

——走吧，我们走吧。
——去哪儿？

有什么人，或什么东西，牵住她的手，强迫她站起身来。

突然，她仿佛进入了一片风儿交汇的云团，在一个固定的点上起舞，轻飘飘的，如同一片雪花。

——我们走吧。
——去哪儿？
——阴间。

她顺着一个昏暗、潮湿的花园中的斜坡走了下去。她感到了藏匿的水流发出的低语声，听到了丛林中冻僵的玫瑰花瓣正簌簌地落下来。

她走下去，走过铺着草坪的陋巷，看不见的鸟儿用潮湿的双翅抽打着她。

是什么力量包围着她，裹挟着她？突然她感到自己一下子退回到了一个平面上。

她又重新仰面朝天躺在了宽大的灵床上面。

在她头顶上，两支滴着烛油的蜡烛正发出噼啪的声音。

直到这时，她才注意到自己的下巴上系着一条黑纱带，她为自己感觉不到带子的存在而惊奇。

白昼灼烧着时间，时时、分分、秒秒。

一位老人坐到她的身边，带着忧伤，久久凝视着她，毫不惧怕地抚摸着她的头发，说她漂亮。

只有穿裹尸衣的女人没有为那份沉重的平静感到不安。她很了解她的父亲。他不会被任何猝发的打击击倒。他曾目睹过那么多的人躺在那儿，面色苍白，被笼罩在同样无情的静止当中，而他们周围的一切却仍在呼吸着，骚动不息。

"安娜·玛丽亚，你还记得你的母亲吗？"当她还是个小姑娘时，父亲就总是这样悄悄地问她。

为了让父亲高兴，每次她都闭上双眼，努力集中精力，她会在一瞬间捕捉住那个易逝的形象，会看到系在小帽子上的薄纱网后面有一双黑眼睛正嘲弄地盯着她。这一切就像是飘在温柔记忆中的一缕馨香。

"我当然记得，爸爸。"

"她很漂亮，是不是？你爱她吗？"

"是的，我爱她。"

"你为什么爱她？"有一天，父亲这样追问她。

她老老实实地答道："因为她总是在帽子边上系一圈面纱，那颜色好漂亮。"

父亲的眼中溢满了泪水，而当她本能地想靠近他时，父亲却第一次拒绝了她。

"你这个傻瓜。"父亲这样对她说道，然后，离开了房间，"砰"的一声撞上了门。

但就从那一刻起，她一生都在怀疑父亲是否也因和她这个"傻瓜"一样的理由爱恋着自己的妻子……

是的，父亲一定还爱恋着母亲，因她那缕瞬息即逝的香气，因她那不忠的面纱……还因为如她眼中那丝轻浮的神秘目光一样捉摸不定的早逝。

现在，他抬起手来，在女儿的前额上画了个十字。早先他每天晚上不都是这样和女儿告别的吗？

事后，在关上所有的房门之后，他将会躺到床上，将脸转向墙壁，直到那时，他才会开始独品痛苦的滋味。他掩藏自己的痛苦，丝毫不肯向人透露，也拒绝任何同情，就仿佛他的痛苦任何人也无法触摸得到。

一天又一天，一个月又一个月，也许是一年又一年，他将会继续默默地顺从地承受命运为他安排的那份痛苦。

从夜色初垂的那一刻起，就有一个女人片刻不休地守候在死者的身边。

可是，穿裹尸衣的女人这时才第一次注意到她。她已如此习惯了自己的这副样子：庄重、严肃，守护在病人的床边。

——阿莉西亚，我可怜的妹妹，是你呀！是你在祈祷啊！

你以为我在什么地方？难道是在向那位严厉的上帝做汇报？你日复一日向他奉献了一切：丈夫的粗暴野蛮，锯木厂的那场大火，独生儿子的夭亡。你那爱笑的、不听话的儿子被一棵倒下的大树压住，当人们将他从淤泥和落叶中抱出来时，他的身体已被砸得不成样子。

不，阿莉西亚，我就在这里，牢牢贴紧这片土地，慢慢解体。我问自己，是否有一天会看到你那位上帝的脸庞。

早在我们姊妹俩受教育的那所修道院里,每当玛尔塔修女熄灭那长长的卧室中的灯时,你总是将额头埋在枕头里,不知疲倦地背诵最后几十句祈祷词,而我则踮着脚尖一直走到浴室的窗前。我更喜欢偷窥隔壁别墅里的那对新婚夫妇。

在楼下那被灯光照亮的阳台上,两个男仆正铺开桌布,并点亮桌上那银烛台上的蜡烛。

在二楼,另一个阳台上闪出了灯光,就在那儿,透过那如飘动着的窗帘般的柳枝,那个阳台吸引着我饥渴的目光。

那位丈夫正躺在长沙发上,而妻子则坐在镜前,忘情地端详着自己的倩影,她不时抬起手来,小心地抚摸自己的面颊,好像要抹平想象中的一道皱纹。然后她又梳理起自己那头浓密的栗色长发,把头发像旗帜一样甩来甩去,喷上了香水。

我恋恋不舍地躺回我那窄窄的床上去,床头上部的油灯如蛾子般忽闪不定的火苗把十字架的影子映在墙上,晃来晃去不断变形。

阿莉西亚,我从来都不喜欢看十字架,你是知道这一点的。如果你看到我在圣器室里花光身上所有的钱去买那些版画,那只是因为我喜欢天使们那呈泡沫状的白色翅膀,再有,就是因为我时常觉得那些天使很像我们那些表姐,她们已经有了男友,经常去参加舞会,头发上戴着亮闪闪的首饰。

我第一次领圣餐时神情冷漠,令大家不快。

不论是静修,还是听布道,我都不会有所感动,上帝对我来说是那么遥远,又是那么严厉!

我谈论宗教强加给我的上帝,那是因为很可能存在着另一个上帝:一个更神秘,更善于理解人的上帝,也是索伊拉时常让我感受到的上帝。

她——我的奶妈、女王、保姆和监护人——从来没能将她讲求实际的意识传给我,但我却学到了她既强大又单纯的精神中一切迷信的东西。

"孩子,看那轮新月!向她行三次礼并祈求三样东西,上帝马上会把它们给你的——蜘蛛在这个时辰爬过屋顶,准是要出啥新鲜事……耶稣呀!你打碎了那面镜子!你要是不再打破一块白色玻璃,就准会触霉头……"

阿莉西亚,你想想吧,随着我不断长大,那些已被我不知不觉认作"上帝警示"的幼稚征兆,都在渐渐地改变,被其他更加难以捉摸的征兆所代替。

我不知该如何向你解释。我那些奇怪的巧合,那些没头没脑的焦虑,那些凭我本人智力水平想都想不出来的话语和神态，还有那么多难以领会，更难以言传的琐碎小事，都开始被认作是某种迹象，告诉我有什么东西，什么人，正在我身边偷偷地冷眼旁观，并不时将他的一部分意志交织在我生命的冒险中。

当然，那个旁观者的形迹模糊不清，有时还自相矛盾。但是，多少次令我心惊胆战地自问，那个希望人们感觉他，寻找他，乞求他……并以此备感骄傲的上帝，是否真的就存在于我们周围，却又不为我们所见？

阿莉西亚，你总是将尘世称作"泪谷"，即使面对你丈夫那嘲讽的微笑，你也会不动声色地这么说。可是，阿莉西亚，你知道得很清楚，这"泪谷"中的眼泪和人，琐屑的俗事和乐趣，却总是独占我生活和感觉中最好的部分。

阿莉西亚，我可能，而且极有可能，是没有灵魂的。

也许只有那些能感到灵魂在体内沸腾、呐喊的人们才真正有灵魂。也许人就像植物，并不是所有的植物都会发出嫩芽，那些生长在沙地中的植物就并不渴望甘露的浇灌，因为它们缺少饥渴的根茎。

也许，也许死亡也并不都是一个样子。也许直到死后，我们所有人都仍继续走着不同的路。

但是，祈祷吧，阿莉西亚，祈祷吧。我喜欢看人家祈祷，你是知道这一点的。

然而，我可怜的阿莉西亚，为了让你在尘世就享受到那份注定在天堂才能拥有的幸福，我宁愿付出一切！你的苍白，你的忧伤令我难过。连你的头发都似乎因痛苦而失去了光泽。

你还记得孩童时代你那头闪亮的金发吗？你还记得我和表姐妹们对你的嫉妒吗？因为你那头金发，我们羡慕你，认为你是最漂亮的，你还记得吗？

此时，在她近旁的，只有玛丽亚·格丽塞尔达的丈夫！

她怎么可能也这样称呼自己的儿子：玛丽亚·格丽塞尔达的丈夫！

为什么？因为她嫉妒儿子那位美丽的妻子！因为她让那女人孤零零地待在南方一个遥远的庄园里！

整个晚上，她都在盼着儿媳出现。为阿尔贝托的举动感到不快：整整一晚，她的这个儿子只是四处游荡，不安地扫视整个房间。

现在，他坐到一把椅子上，正在休息，也许睡着了，她在他身上发现了什么新的、奇怪的抑或是可怕的东西。

他的眼睑。是他的眼睑使他变了样，也让她吓了一跳。那干巴巴的眼睑粗糙不平，仿佛一个个夜晚它们都闭锁着一段忧郁的激情,这激情从里面烧灼着眼睑,令它们干瘪、萎缩。

她很奇怪自己怎么到这时才第一次注意到这一点。难道只是因为死者对那些死亡征象的感觉都会自然而然地变得异常敏感?

忽然,那对下垂的眼睑似乎开始牢牢盯住她,仿佛带着白痴眼中那种定定的、难以捉摸的神情。

哦,睁开眼睛吧,阿尔贝托!

就像是在回应她的请求,阿尔贝托真的睁开了双眼——他迟疑地扫视一眼周围,然后走近她,走近他那身穿裹尸衣的母亲,碰了碰她的前额,仿佛是为了证实她真的已经死去。

他平静下来,坚定地向房间深处走去。

她听到他在黑暗中,翻箱倒柜地摸索着,似乎在找寻什么东西。

这会儿,他走了回来,手里拿着一幅肖像。

他将玛丽亚·格丽塞尔达的画像凑到一支蜡烛的火苗上,小心翼翼地烧掉。随着那美丽的画像冒着烟化成了灰烬,他的面庞也松弛了下来,恢复了平静。

除了死者,谁也不知道,也不会知道他妻子的那些画像曾给他带来多少痛苦,它们犹如一道道光,尽管他严加防范,妻子还是顺着这些光线遁去了。

难道她没有把自己的一点儿美丽融进每幅肖像吗？难道每一幅肖像不都是与人沟通的一种可能吗？

回答是肯定的。但是火焰已吞噬了这最后一张画像。如今除了那个囚在南方遥远庄园中的与世隔绝的女人，再也不会有第二个玛丽亚·格丽塞尔达了。

噢，阿尔贝托，我可怜的儿子！

有什么人，什么东西，牵住了她的手。
——走吧，我们走吧……
——去哪里？
——我们走吧。

于是她去了。有什么人或什么东西拉着她，引导她穿过一座废弃的城市，整个城市都覆盖着一层灰烬，仿佛从它上面曾吹过一阵阴风。

她走着。天黑了，她仍走着。

一片草场。就在那邪恶城市的中心，有一片刚被浇灌过的草场，草场上面的昆虫闪着点点磷光。

她向前迈了一步，穿过了环绕着草场的厚重的迷雾。走进那群在她齐肩处飞舞的萤火虫，仿佛走进一片飘浮着的金色尘雾中。

啊，到底是什么力量在包围着她，吸引着她呢？

瞧，她又变得冷冰冰的，重新一动不动地仰面躺在了宽大的灵床上。

轻飘飘的。她觉得自己轻飘飘的。她想动一下，但却动弹不得，就好像她身体中那层最隐秘、最深层的躯壳被禁锢于另外一些更沉重的、她无法掀动的躯壳内，牢牢钉在那两根滴着烛油、毕剥作响的蜡烛中间。

白昼灼烧着时间：时时，分分，秒秒。

——我们走吧。

——不。

她疲惫不堪，却渴望着自己能从使之与生命相连的那点意识中脱离出来，任凭自己被拖向后方，直至她凭感觉知道就在下面的深深的、舒适的深渊。

但是一丝不安使她不能抛开那最后的纽带。

此时，白昼在灼烧着时间：时时，分分，秒秒。

那个肤色黝黑、身材瘦削的男人，高烧令他的嘴唇不断颤抖，就好像他正在对她说些什么，让他走开吧！她不想听他讲话。

——安娜·玛丽亚，起来吧！

你起来，好再次将我关在你的房门之外。你起来，好避开我或伤害我，一天天夺去我的生命和快乐，但是，你起来，起来呀！而你，却死去了！

转瞬间，你成了那没有情感的种族中的一员，一动不动地，轻蔑地看着我们惶惶不安。

你，一分钟一分钟地，渐渐成为过去。那些组成你的有生命的物质，都已离你而去，沿着不同的渠道流逝，如同河流一般，永不复返！

"安娜·玛丽亚，要是你知道我曾经多么地爱你，那该有多好！"

这个男人哪！人家都穿上了裹尸衣，他为什么还要把自己的爱情强加给她呢！

爱情居然会造成屈辱，只给对方以屈辱感，这实属罕见。

费尔南多的爱情就总是使她觉得受到侮辱，使她觉得自己更可怜。她讨厌他，并不是因为他有在皮肤上留下斑痕并使他脾气变得暴躁的疾病，也不是因为他那种大家都不喜欢的目中无人而又讲求实际的聪明劲儿。

她看不起他，是因为他不幸福，因为他运道不佳。

然而，他到底用什么手段强行介入了她的生活，直至成为她讨厌而又离不开的人物呢？这一点他自己心里很清楚：这一切都只因为他做了她的知心朋友。

哎，她的那些知心话啊！事后，她总是多么地后悔呀！

她隐隐感到费尔南多从她的怒气和忧伤中得到了

满足：当她倾心诉说时，他分析着，盘算着，因她的痛苦经历而暗自高兴，相信那些痛苦会逼得她走投无路，直至她投入他的怀抱。她感觉得到，听着她的责难、她的怨言，他心中那份对她丈夫的嫉妒也在不断滋长。他装作鄙视她的丈夫，但内心却充满嫉妒：他恰恰嫉妒她丈夫所有的那些应被他贬斥的缺陷。

费尔南多！在那些漫长的岁月里，当她因深夜独处难眠而感到害怕的时候，她会把他叫到身边，叫到那刚用粗大的劈柴燃起火焰的壁炉前。她本来只想和他说些无关痛痒的事情，但一切努力都无济于事。随着时间流逝，随着炉火趋旺，一股毒剂渐渐升起，从她的喉咙涌向她的唇边，于是她开始诉说。

她诉说，他倾听。他从来不说一句慰藉的话语，从不提出任何解决方法，也从不解答任何疑问。但是，他倾听，聚精会神地倾听那些被她的孩子们视为出于嫉妒的疯话。

第一次倾心交谈后，第二次和第三次便自然而然地尾随而至。然后，他们又有了更多次的交谈，但这些却几乎已违背了她自己的意愿。

很快，她就难以自制了。她已暗暗地接受了他，没有足够的勇气赶走他。

可是，直到他向她袒露心扉的那个晚上，她才知道自己还会恨起他来。

当他谈到他在妻子那已毫无生气的身体旁醒来的情形时,当他提到在桌子上发现的那个装安眠药的空瓶时,他态度是多么冷漠啊。

一连几个小时他和一个死人睡在一起,他们紧挨着,却没有使他的肉体产生过一点儿颤抖的感觉。

"可怜的伊内丝!"他说道,"我至今也搞不明白她为什么会做出那种决定。她看上去并不伤心,也不消沉。表面上没有任何异常的现象。只是,我记得有时她会定定地看着我,就好像第一次看到我一样。她抛下了我。她是不是为了追随哪个情人我根本不在乎!反正她抛下了我。爱情从我这里溜走了,它总是从我这里溜走,就像水从握紧的双手中流掉。"

"哦!安娜·玛丽亚,咱们俩都是这么的不幸……"他说道,可她的脸上却泛起了红潮,就好像被他出其不意地扇了一个耳光。

他有什么权力认为她和他是一路人?

一句唐突的话语使她看清了他,也看清了自己。他和她,两个人一起在壁炉前,两个与爱情无缘,与生活无缘的人,手拉着手,叹息着,追忆着,渴望着。两个可怜虫。因为可怜的人总会相互慰藉,所以,也许有一天他们俩会……嘻,不!这样不行!这样永远不行,永远不!

从那天晚上起,她就一直厌恶他,但却无法逃避他。

是的,她尝试过多次。但是,对她那突然变得冷若冰霜的态度,费尔南多只是付以宽容的一笑,他镇定自若地忍受着她的凌辱,也许在猜测她只不过是在与将自己推向他的奇怪情感做着徒劳的抗争,猜测她将会倚在他的胸前,陶醉在那些新的知心话里。

她的那些知心话,有多少次,他都不想再听!安东尼奥、孩子们,孩子们和安东尼奥。只有他们占据了那个女人的思想,只有他们有权得到她的温柔和伤她的心。

他一定爱她爱得很深很深,在许多年里听她讲刻毒的话,让她一点一点无休止地撕扯他的心。

然而,直到最后,他才学会变得那么脆弱,那么谦卑。

——安娜·玛丽亚,我应该装作相信你那些谎话,假装相信你丈夫为你吃醋,嫉妒我们的友谊!

为什么我不接受你那天真的臆想以满足你的自尊心呢?不,我宁愿失去在你情感中的位置,也不愿让你觉得我幼稚。

安娜·玛丽亚,与我的噩运相比,我的笨拙更阻止了你对我的爱。

我看见你靠在壁炉旁，把烟灰倒在快熄灭的木炭上，我看见你卷起织物，合上钢琴盖，折起那些散放在家具上的报纸。

我看见你走近我，鬓发蓬乱，面容凄苦："晚安，费尔南多，我很抱歉又跟你聊了这些事。实际上安东尼奥从来没爱过我。那么，抗议有什么用？反抗又有什么用？晚安。"在那似乎没完没了的告别中你紧紧抓住我的手，尽管你嘴上那样讲，你的眼睛却在询问着我，乞求我否定你最后那句话。

可是我，妒火中烧，心胸狭隘，自私自利，离去前只从唇间喃喃吐出一句"晚安"。

然而，我应该被宽恕，因为我出于爱曾对你那般宽容。

在遇到你之前，只要我的自尊心受伤害，我就会自动放弃爱，绝不宽容。我的妻子也许已经告诉过你这一切。她就从未从我这里得到过一声责备，一点儿回忆，一束敬献在她墓前的鲜花。

可是为了你，只是为了你，安娜·玛丽亚，我才领教了那种爱，那种自卑自贱、忍受侮辱并宽恕侮辱的爱。

都是因为你，只是因为你！

也许，该轮到我大慈大悲了，那种时候，我们甚至对注定要卷入我们各自悲惨命运的敌人都抱以同情。

也许我是爱上了你开始走向毁灭的那种凄婉韵味，从来没有哪种美丽如你那衰败中的美那样令我感动。

我爱你憔悴的容颜，它使你的双唇显得更加清新，使你那虽不时髦但却整齐如崭新的天鹅绒丝带般闪着光泽的粗眉更加亮丽。我爱你那散发着成熟美的身体，与之相得益彰的是你那纤长的脖颈和娇小的踝部，它们更能令人心动。你的才智也深深吸引着我，因为那是你情感和天性的声音。

多少次，我逼着你解释你发出的惊叹和议论。

你沉默着，带着愠怒，怀疑我是不是在开玩笑。

不，我没有开玩笑，安娜·玛丽亚，你总是把我想象得比实际的我更强，更有力。我敬慕你，敬慕那在你人格的最隐秘处深深扎根的从容不迫的智慧。

"您知道是什么使这房间显得惬意而又亲切吗？是那映照在窗子上的树枝的影子。房子永远不该比树木高。"她曾说。

她还说过："您别动。啊，多安静呀！空气就如同水晶一般。在这样的下午，我甚至连眨下眼睛都提心吊胆。谁知道一举手，一投足会造成什么后果？也许只要我抬一下手，便会使其他的世界中的某颗星星变成碎片！"

是的，我敬慕你，理解你。

哦，安娜·玛丽亚，如果你愿意，我们本可以因你的不幸和我的不幸而建立起一份情感，一种生活，会有许多人充满妒意地围绕在我们这一结合的周围，如同围绕在真正的爱情和幸福周围一样。

要是你愿意，那该有多好！可你从不把我的耐心当回事儿。你从来不给我半分温情令我愉悦，从来不。

你对我心怀怨恨，因为我，这个你所不爱的男人，却是最欣赏你，最了解你的人。

可怜的费尔南多，他颤抖得多么厉害啊！他几乎站立不稳，就要晕倒了！

一个男孩子也和穿裹尸衣的女人一样为他担心了。弗莱德走近费尔南多，把一只手放在这位病人的肩头，低声跟他说了些什么。但费尔南多摇了摇头，也许是在拒绝离开这个房间。

于是，她就看着弗莱德怎样把费尔南多推到一把椅子上坐下，并关切地俯下身去。弗莱德的出现使她心中翻腾起对过去充满柔情的回忆，而看到她最钟爱的孩子弗莱德搂住费尔南多的情景，那回忆的思绪便越发不可收拾。

我还记得，孩提时代的弗莱德总是对镜子怀有一种恐惧,还经常在睡梦中讲一种谁也听不懂的语言。

她记得,在那个大旱的夏天,一天下午三点来钟的时候,费尔南多对她说:"我们去看看我昨天买的那些地好吗?"

孩子们毫不迟疑地爬上了马车。

安东尼奥像往常那样提出异议:在这个时候出门可不那么舒服。

但是她为了不让费尔南多扫兴,也为了照顾孩子们,不让他们的小脑袋在太阳下面曝晒,便接受了这个并不使人愉快的邀请。

"我们会在吃饭前早早回来。"当马车驶离时,她冲丈夫喊道。可是安东尼奥吸着烟,靠在摇椅上,甚至不肯屈尊挥一挥手。

就这样,在出发后的最初十分钟里,她忍受着平原上飞扬的尘土,气鼓鼓地默不作声。

弗莱德的那群由庄园里的野狗组成的狗跟着马车跑了一阵儿,随后停下来,在一条水沟的烂泥汤里找水喝。

孩子们动来动去,不停地叫喊,唱歌,提问题,而她却觉得热得要命,所以只是微笑着,并没有搭理他们。马车就这样向前行进着,路两边铁丝网的桩子上面栖息着两排短耳鹗,它们威严地站在那儿,看着他们驶过去。

"费尔南多叔叔,我想要只短耳鹗。拿着,这是你的猎枪,给我打一只短耳鹗。为什么不行?为什么,费尔南多叔叔?我想要只短耳鹗,那只,不,不要那只,要那一只……"

往常,只要安尼塔拉住费尔南多的袖子,盯住他的眼睛,他都会答应她的要求,这一次也不例外。由于担心在小姑娘面前失宠,他总是对她有求必应。他称她"小公主",还和她一起用石头砸那些在花园围墙上爬来爬去的小壁虎。

费尔南多勒住了马,将猎枪抵住肩头,瞄准了一只短耳鹗。那只短耳鹗正蹲在一根木桩子上,一动不动地信赖地望着他们。

一声短促的巨响使刺耳的蝉鸣戛然而止,那只鸟一下子跌到木桩脚下。安尼塔跑过去把它拾起来。知了如嘶喊一般再次鸣叫起来。他们又继续前行。

在小姑娘的膝头,短耳鹗还睁着眼睛,圆圆的、黄色的、湿润的眼睛,一动不动,透着一种威胁。但小姑娘却脸不变色地迎着那目光,"它还没死呢。它盯着我看,现在它的眼睛闭上一点儿了……妈妈,妈妈,它的眼皮是从下面往上闭的。"

她没有专心听孩子的话,而是留意看着从地平线下面冒出来并向他们的马车迎过来的一大团紫色云影。

"孩子们,把车篷支起来!我们赶上风暴了!"

那只是一瞬间的事。只见一股吹得昏天黑地的风裹着枯枝、石子和虫子的尸体向他们横扫过来。

当这阵风吹过去后,马车那陈旧的架子整个地晃动起来,天空灰蒙蒙的,周围一片死寂,使人不由得想如搅动一潭死水一样打破这片寂静。

忽然,他们进入了另一种气候带,另一种时间,另一个地区。在一片谁也不记得曾经见过的平原上,马儿惊恐万状地奔跑着,拖着马车一直来到一座已成废墟的庄园前。

有个人站在没有大门的门口,似乎正在等待他们。

"请问,去圣罗伯特怎么走?"

这个雇工——他会是雇工吗?——足蹬长靴,手里拿着一条马鞭子。他奇怪地看了他们一眼,迟疑了一秒钟,才回答道:

"一直走。诸位会看到一座桥,到那儿后向左拐。"

"谢谢。"

马儿又重新开始了悸动不安的奔跑。这时,弗莱德小心地凑近她身边,低声地叫她:

"妈妈,你注意到那个男人的眼睛了吗?他的眼睛就像那只……"

她悚然一惊,转身向她的女儿喊道:

"把那只短耳鹗扔掉,我说把它扔掉,它把你的衣服都弄脏了。"

那座桥呢?他们花了多少个小时去寻找那座桥,她也记不清了。

她只记得自己在某个时刻下了命令:咱们回去吧。

费尔南多默默地服从了,于是,他们又开始了漫无尽头的归途。途中,夜幕降临在他们头上。

一片平原,一座山,又一片平原,又一座山。

然后又是平原。

"我饿了。"阿尔贝托怯怯地低声说。

安尼塔靠在费尔南多身上睡着了,费尔南多一脸幸福的表情,使她不寻常地感到一阵羞愧,于是尽量不去看他。

突然,一匹马失足摔倒在地,站不起来了。

车厢内先是一阵短暂的寂静,然后,就像突然复苏了一般,孩子们争先恐后地下了车,又是叫喊,又是叹息。

费尔南多终于开口讲了话:"安娜·玛丽亚,几个小时之前我就迷路了。"

孩子们在田野的黑暗中跑来跑去。"这儿肯定下过雨了。"阿尔贝托站在齐膝深的泥沼里尖声叫着。

在费尔南多的催吆下，那匹马摇摇晃晃地站起身来，又倒下去，接着哑声嘶叫着站了起来。

"安娜·玛丽亚，最好别再赶路了。马已经筋疲力尽了，车上也没有车灯，咱们得等到天明了。"

说着，费尔南多拍起手，想聚拢到处乱跑的孩子们。

"来啊！大家来啊！弗莱德呢？弗莱德在哪儿？弗莱德！弗莱德！"

"呜，呜！"一个声音传过来，与此同时，远处有一点灯光一闪一灭。

"他拿走了手提灯，正假装萤火虫玩呢。"孩子们解释道。

她还记得自己是怎样跳到地上，晃晃悠悠地踏着她的高跟鞋，怒气冲冲地走进灌木丛。

"弗莱德，我们该走了，你在那儿干什么呢？"

在一丛枝叶挺秀的灌木丛前，弗莱德一动不动地站着，只用了个神秘的手势回答她，仿佛要把一个秘密传达给她。弗莱德将手灯的光圈照定在一片泥地上。

于是，她看到地上生长着一朵巨大的瓜叶菊，深蓝色的花儿，色彩浓烈润泽，正在微微颤动着。

在那一刻，孩子和她都入神地盯住那朵似乎正在呼吸着的花朵。

突然，弗莱德移开了灯光，那凄美的东西便隐没在了黑影当中。

为什么那冷漠的蓝色形象会萦绕在她脑海中挥之不去？为什么当她靠在弗莱德的肩膀上走向马车时，身体会紧张得微微发抖？为什么她会温柔地对费尔南多说出"您讲得有道理，继续赶路是很危险的，我们还是等到天明吧"这样的话？

听了她的话，孩子们仿佛得到了命令，立刻铺开了毛毯。

如今她还如在梦中一样，看到阿尔贝托走近她，为她披上大衣，又把弗莱德挤开，好让自己和妈妈挤在一件大衣下睡觉。

她永远也不会忘记他们醒来时被恐惧紧紧攫住时的样子。

再前进一步，他们所有的人就都会在那个晚上从世上消失无踪。马车就停在悬崖边上，在那底下，在一片浓雾下面，他们隐约可以看到，两堵峭壁之间，一条大河浊浪涌动，奔腾不休。

从那个难忘的日子开始，不知为什么，她总带着几分不安留意着弗莱德。但这孩子却像是对那种将他与土地、与神秘的东西相联结的第六感官无知无觉。

即使后来他长成了傲慢强壮的少年，她仍像对待一个脆弱的生命那样照拂着他。一切都只因为弗莱德会冷不丁地在她最意想不到的时刻,用一双天真而庄重的眼睛盯着她,一如昔日那个神秘的男孩儿。

"你就别不承认了,"安东尼奥总是对她说,"你偏爱弗莱德,你总是原谅他的一切。"她微笑起来。她确实能原谅弗莱德的一切,甚至包括当她俯下身子想吻他而他挣脱开去时的那股粗鲁劲儿。

她怎么会忘记那只小手呢?在一家诊所里,整整三天三夜,那只小手紧紧抓住她的手,一刻也不放开;整整三天,她都没有吃东西,整整三个晚上,她都是坐在床边睡觉的,弗莱德那只充满渴望的小手让她备受煎熬,它把痛苦传给了她,强迫她跟他一起沉浸在梦魇和窒息之中。

渐渐地,不知不觉中,她已习惯了费尔南多那令人不快的在场。

她讨厌费尔南多眼神中熠熠闪烁的欲望,但是,费尔南多每日表露的那种冒冒失失的爱慕之意却令她感到愉悦。

这会儿,作为最后一点儿隐私,她想起了贝阿特丽丝——她女儿的密友。她还记得贝阿特丽丝那动人的女低音。尽管贝阿特丽丝不怎么会唱歌,但是每当她弹起钢琴为之伴奏时,贝阿特丽丝总是能克服自己演唱技艺上的不足。她的嗓音如丝绒般低沉而又柔和，可以根据她的意愿延伸，舒展，又慢慢地抑止。她记起了去年秋天那些没有月亮、带着些寒意的晴朗夜晚。

大家刚从桌旁站起，你，费尔南多，就叼起一支香烟，匆匆走了出去，你期待着我也走出去，靠在你身边，倚在平台的扶手上。可我却跑到钢琴前坐下来。贝阿特丽丝开始唱起歌来。

一首歌，两首歌，三首歌，你一直站在那里等着我，后来，你坐到一把长铁椅上，背靠爬满墙的蔓生植物。

你一支接一支地抽着香烟，丝毫不顾及自己的健康，烟雾蛇行般缭绕，飘向了大厅。

我一点儿也不在意你虚弱的身体，也不在意你肩头忍冬丛的潮湿。当然明天你也许会生病，可是，你坚持要在寒冷中沉默地把我等待，这难道是我的错吗？音乐令我激动的程度远远超过了你的陪伴，这难道是我的错吗？

有许多次，最后一个和音刚刚结束，我不等你回来，便悄悄地上楼回到自己的房间，不肯向你道晚安。

我从未想过这只是一种毫无用处的残忍。我一直相信你是否在场对我来说只是件无所谓的事。

可是，有一天晚上，在两首浪漫曲演奏间隔期间，我探身向露台上张望了一下。

我发现那把长铁椅上一个人也没有。

你为什么不说一声就走了？是什么时候走的？连远处也听不到你马匹的蹄声。

我还记得那时自己何等迷惘。我向前迈了几步，深深地呼吸，抬起了眼帘。

天空中密密麻麻布满了星星，我忽然感到一阵晕眩，急忙垂下眼帘。于是，我看见了花园，一道毫无变化的直射的光线冷冷地照在草地上，令我感到寒意彻骨。

当我又一次坐到钢琴前时，突然感到一阵深深的沮丧。

音乐，还有贝阿特丽丝的歌声都已不再能打动我，我已找不到我所有举动的意义。

噢，费尔南多，你已将我罩在你的网中了。从那一刻起，为了感受到自己仍然活着，我需要你在我身边忍受无尽的感情煎熬。

在病中，有多少次，我曾支起身子，只为仔细倾听你在阻隔着你我的那扇门外不停地徘徊的脚步声。

可怜的费尔南多！此刻，他正走上前来，怯怯地摸了摸她的头发：她那长长的，直到那天晚上还在不停地生长着的死人的头发。

突然,百叶窗被打开了。射进灰色的光线:是晨曦,还是暮色?

在这丑陋的光线的照耀下,房间里不再有阴影可寻,所有的东西都带着几分冷酷,显得分外突出。有什么东西在花丛中迟缓地盘旋着,然后停在床单上,是什么下贱的东西……一只苍蝇。

费尔南多已经抬起了头,他终于可以得到他曾那么渴望得到的东西了。

他为什么还在犹豫不决?为什么现在可以吻她的时候还要抑制冲动呢?

他为什么只是定定地注视她而不亲吻她呢?为什么?

就在刚才,她看到了自己的双脚。它们怪模怪样地竖立在床单的末端,好像是与她身体无关的两件东西。

在活着的时候,她也给许多死者守过灵,所以她能够明白,就在难以把握的一分钟里,她的本质已发生了改变。她明白当费尔南多抬起双眼时,他看到的已不再是日夜思慕的女人,而是一尊蜡像。

走进房间的人此时都悄然地走来走去,对死者那恍如隔世、泛着青色的躯体无动于衷,仿佛那躯体是由与他们身体不同的材料所组成。

只有费尔南多还在呆呆地盯着她,双唇微微颤抖，似乎在倾吐心声。

安娜·玛丽亚，也许，你的死会让我得到安宁！

你的死已将那份忧虑连根除去，那忧虑曾日夜纠缠着我，纠缠着这个追随在你的微笑后面，听从你这个无所事事的女人召唤的五十岁的男人。

冬季的寒夜里，我那些可怜的马儿将不会再拖着马车，载着因寒冷和忧伤而颤抖的病人踽踽行进在你我庄园之间的道路上。我也再不需要克服因为你的一句话、你的一声责备和我卑下的态度而引起的不快了。

我多么需要安宁呀，安娜·玛丽亚，你的死让我得到了那份安宁！

从今往后，让我操心的将不再是你的问题，而是庄园里的工作和我的政治兴趣。我将依从我健康的需要，在大白天也睡上几个小时而不用害怕你的嘲讽和我自己的相思；我将会有兴致去读读书，去和朋友聊聊天；我将很高兴地用烟斗去抽新烤的烟叶。

是的，我将重新去享受那些不足挂齿的乐趣，那些还没有被生活从我这里夺走的乐趣，那些从一开始就因我对你的爱而遭到毒害的乐趣。

我又可以安睡了，安娜·玛丽亚，我可以一觉睡到大天亮，就像那些什么也不上心的人一样。我不会有任何快乐，但也不会有任何痛苦。

是的，我很高兴。我再也不用每天都去抵御一份新的痛苦了。

你知道我很自私，对不对？可你并不知道我的自私到底能达到什么地步。也许我曾希望你死去，安娜·玛丽亚。

白昼灼烧着时间：时时，分分，秒秒。

暮色已浓，她一直等待着的那个男人终于来了。

人们在她灵床前留出的空位，使她感到他就在这所房子里，也许就在隔壁房间里。

在她觉得漫无尽头的一段时间里，周围是一片寂静。

突然，她隐约看见自己的丈夫正倚靠在门边。

人们让他——死者的主人和丈夫——独自留下。他一动不动地站在那儿，积蓄着力量，以便带着尊严来面对她。

于是她开始拂去记忆的尘埃，退回到那段遥远的岁月，回到那座沉寂而伤感的大城市，回到她在一天晚上到达的那所房子。

是几点钟来着？她也说不出了。

那是在火车上，经过长途旅行，她已变得劳累不堪，将头靠在了安东尼奥的肩膀上。插在她暖手筒上的那枝柑橘花散发出一股甜甜的香味，令她有些醺醺然，使她对自己年轻丈夫的絮絮低语有些心不在焉。

但这又有什么关系呢？他不是已把这些话讲过一遍，两遍，许多遍了吗？

"……她在织毛活儿，在那个朝向花园的镶玻璃的游廊上，她总是在那儿织毛活儿……真是运气，他庄园里那片未经开垦的黑魆魆的丛林里没有一条可以通行的道路，这样，他只能借道而行，并因此整整一年中每天下午都能够看到她……她那乌黑的辫子被盘成发髻梳在脑后，露出小巧苍白的额头。在那个春天，仿佛是为了触摸她的面颊，一棵树的枝丫探进了她的房间，枝头繁花似锦，蜂追蝶绕……那时，他轻易地就可以在暗中将她窥视，连马都不用下……一俟冬季白昼缩短，他便大胆地将额头贴近玻璃窗，在夜的黑暗中久久地欣赏着房间里的那盏孤灯，那堆炉火，还有那位靠在藤摇椅上编织毛活儿的文静的姑娘。有时，似乎觉察到了躲藏在黑暗中的人，她会抬起眼睛，偶尔露出一丝漫不经心的微笑。她那蜜色的眸子里，总是透出慵懒而又甜蜜的目光。有一次，雪花在他这个闯入者的背上飞舞，徒劳地压在他的帽檐上，沾结在他的睫毛上。他无可挽回地跌进情网，不顾一切地继续享受那丝并非为他而露出的笑容……"

那枝插在她暖手筒上的柑橘花散发出有害健康的

香气，令她昏昏欲睡，使她无力做出强烈的反应，无法对他喊："你错了。我的不动声色只是骗人的假象。如果你拽一下我的毛线，哪怕只拽一下，我的织物就会一针一针地散开，每一针中都交织着的暴风雨般的思绪和一个我永不会忘的名字。"

在那冷冰冰的新婚洞房里，有多少次，她从初梦中醒来，试图穿透紧紧粘住她双眼的那层厚厚的黑暗的幔帐。

她的心惶恐不安地跳动着，那黑暗是多么的厚重呀。难道是她瞎了吗？

她伸出双臂，紧张地在周围摸索着，气闷得想从床上跳起来，而就在这时，一只滚烫的手放在了她的胸前，使她重新向后仰倒。那只急迫的手仿佛是来触动她的一个伤口，每一下动作都会使她虚弱和呻吟。

她记得自己一动不动，先是希望能因此中止那股爱情的冲动，继而又想以消极的回应使之降温；她一动不动，直到体验了那最后的结束的亲吻。

但是，在某个夜晚，她却体验到了一种她从未有过的感觉。

她的体内仿佛产生了一种沸腾而又迟缓的寒噤，随着每一下抚摩，这种寒噤的感觉渐渐上升、强烈，将她团团包围，直至她的发根，那感觉扼紧了她的喉咙，窒息了她的呼吸，摇撼着她，直到最后，将清醒过来的精疲力竭的她抛回到那凌乱不堪的床上去。

快感！那就是快感！那种战栗的感觉，那种巨大的打击，还有那种两人一起向同一种羞怯中的坠落！

可怜的安东尼奥，面对她那几乎马上就做出的拒绝，他是多么吃惊呀！他从来不知道，每天晚上的那个时刻，她对他的恨达到了怎样一种程度。

他从来也不知道，一夜又一夜，他紧紧搂在怀中那个疯狂的女孩怎样愤怒地咬紧牙关，试图消除那一阵紧似一阵的寒噤。他不知道，一夜又一夜，她已不仅仅在抗拒爱抚，还要抗拒爱抚毫不留情地在她的肉体中激发起的颤抖。

天亮了，当女仆在她新婚后的第一天早晨打开百叶窗时，她觉得照进这冰冷房间的光线是那么的稀疏。

然而，她的丈夫却在房外催促着她："起床吧。"

如同今天发生的事一般，她还记得那个窄小的没有花朵的花园，到处覆盖着阴暗的苔藓，水塘里只有一池如墨的浊水，水面上映照出她穿着白色晨衣的影像。

可怜的安东尼奥，他喊了些什么？"这是一面镜子，一面大镜子，好让你在阳台上照着梳辫子。"

唉，要她永远在那令人忧郁的晨光中梳理她的辫子吗？

她伤心地看着那在她脚下的池水中倒映出的风景。几堵高墙，一幢墙壁石头已经泛绿的房子。她和她的丈夫就像被悬在头顶的天空和水中的天空这两道深壑中间。

"很美，是不是？看，你把它打碎，它又会恢复原来的样子……"

总是笑容可掬的安东尼奥挥动手臂，用力投出一颗卵石，迎头击碎水中他的新娘的映像。

池塘中宛如突然出现了千百条闪着鳞光的游蛇，池中的风景也扭曲着变成了碎片。

她还记得，她一把抓住了铁栏杆，闭上了双眼，被一种孩童般的恐惧震慑住。

"世界的末日，终将会是这个样子。我已经看到了。"

她的新家，就是那所虽然豪华但并不舒适的房子。安东尼奥的父母在这里去世，安东尼奥在这里出生。这就是她的新家，可她记得从跨进大门的那一刻起，她就恨这个家。

这个家与那幢带着木头清香，亮亮堂堂，引得人想透过玻璃窗向里窥探的亭阁是多么不同呀！

也许这房子和她祖母那所在外省城市中的老房子有些相似之处。在那所房子里，她曾度过她的童年，曾在那儿过冬，也曾在那儿开始了她的社交生活。

可是在这儿,却没有台球室,没有缝纫室,也没有充满蜜蜂花香的花园。

在这里,居然没有一个壁炉。而更可怕的是,穿衣镜从上到下裂成了碎片;长长的大厅里,家具似乎永远都被套在麻布里。

她记得自己曾在一个又一个房间里逡巡,徒劳地想寻找一个她喜爱的角落。她迷失在那些走廊里。在那些铺着华丽地毯的楼梯上,她的脚总是磕绊在台阶的铜阶架上。

她无法辨清方向,无法使自己适应这里。

每当黄昏来临,安东尼奥总是一成不变地让他的妻子坐在四轮马车上,在她膝头盖上一块毛皮,然后自己再斜靠在她身边。

但是,他们从来也没有到达过他祖母的家,那是位紧靠在银制火盆旁打瞌睡的瘫痪老人。这位一个已然消亡的家族中幸存的老太太,一个又一个下午,守在备好的茶点旁,徒劳地等待他们到来——她还没见到那位将延续她家族血脉的女人,就去和自己的家人们一起安息了。

"我们明天再去吧。"马车刚一驰出大门,痴情的丈夫就会叹口气说,"今天还是让我观赏你,让我爱抚你吧。"于是他们就漫无目的地四处游荡。

新婚伊始,她就这样开始了解那座沉寂、忧伤的大城市。

在狭窄的街道尽头,她能远远地望见陡峭的山峰。城镇被花岗岩环绕着,如同沉陷在连绵的高山围成的一眼井当中,连风都不会光顾。

而她,由于已经听惯了麦苗和树木永恒的簌簌低语,听惯了河中湍流拍打耸立的石头发出的哗哗声,在这里,竟对这完完全全的沉寂,这常在夜晚将她惊醒的沉寂感到一种恐惧。

第一天在池塘里看到世界被打成碎片的印象一直折磨着她,而那种沉寂在她看来则如同一场灾难的预兆。

也许,一座无人知晓的火山正在附近伺伏,等待爆发出来毁灭一切的时机。

她曾渴望退避到她所熟悉的事物当中,躲到一个手势、一段回忆中去。

她已认不得她那穿着新衣服的身体,还有她那梳得马马虎虎的头发。索伊拉呀,为什么将她惯成如此懒散的性格?为什么没教会她梳紧那头浓密的长发?

一天又一天,她压抑着自己那种想打开箱子寻找肖像、物品或一件亲切信物的愿望。那种寒冷,那种不同寻常的寒冷使她变得胆怯而消极,她的手指也已冰冷僵硬，甚至无法打好一个丝结。

她总是尽力回想那些仅仅几个月前被她舍弃的东西。她眯起眼睛，试图回忆起那个温馨的房间，但看到的却只是房间里一派出发前的忙乱景象。她试图回忆起那个举行舞会的大厅（那里枝形吊灯的水晶坠子总是微微颤动，有一天晚上她第一次盘起了辫子，尽情地跳舞，直至天明），然而，回忆中出现在她脑海里的却只有那个灰暗的下午大厅里的情景，当时父亲对她说："孩子，去拥抱一下你的未婚夫。"

于是，她听话地走近那个倜傥潇洒……阔绰富有的男人，踮起脚来，吻了他的面颊。

她记得，当她离家出行时，祖母严肃的脸庞和父亲颤抖的双手令她深深感动；她还记得，她那时想到了正将耳朵贴在门上偷听的索伊拉和表姐妹们，感受到了她们那么多年来对她的呵护与关怀。

不，她已无能为力，只能回忆起从那一刻起就主宰了她的恐惧，以及伴随着里卡多那固执的沉默而一天天增长的苦闷。

但是，怎么能去相信谎言呢？怎么说得出口她是因赌气才出嫁的呢？

如果安东尼奥……可他既不专横，也不乏味。他很痴情，但又是那么坚定、慎重，使她不能对他有丝毫轻视。

终于有一天,仿佛从爱情的陶醉中幡然猛醒,她的丈夫久久地凝视着她,目光中带着几分探究,几分温柔。

"安娜·玛丽亚,告诉我,有一天你会像我爱你那样地爱我吗?"

上帝呀,这是多么自尊自重的谦卑呀!她的眼中涌出了泪水。

"我爱你,安东尼奥,可是我很伤心。"

于是他用那种通情达理而又温柔甜蜜的语气继续说:

"我应该怎样做才会使你不伤心呢?如果你不喜欢这所房子,我就按你的意愿改造它。如果你觉得单独和我待在一起太无聊的话,我们就从明天起去串门儿,我们可以举办一个盛大的舞会。我在这儿有许多朋友。"

但是她摇了摇头,低声说:"不,不……"

这时,她开始讨厌起安东尼奥说话的语气,一种强忍着的悲伤在她心中升起。他提的是什么建议哟,在那里建立她的全部生活吗?在这大海的底部,在这没有家人的地方,在那些新朋友和陌生的仆人中间建立她的生活吗?

"也许你盼望有某种消遣,我会从农庄里弄来两匹枣红马。我们可以清晨去公园。安娜·玛丽亚,你说话呀,告诉我,你想要怎么样?"

她抓住丈夫的胳膊,希望告诉他,向他解释,然而这恰恰是她所惧怕的,于是她不近情理地回避任何解释,说道:

"我想离开这儿。"

他死死地盯着她。她从未见过有谁能变得这么苍白,从那一刻起,她知道了面无血色是怎么一回事;一片惨白使颧骨凸现出来,一张僵硬的面孔上,只有那明亮而专注的双眼带着一分活力。

就这样,安东尼奥把她送回她父亲那儿待了一段时间。

哎,曾有那么多个夜晚,她无法在一位痴情的年轻人身边安然入睡。

当她重新开始她过去的生活时,一种沮丧占据了她的心。她感到自己在不断重复着她本该在昔日就干腻的事情。

她从树林走回家,又从家里走到锯木场,惊讶地发现她已看不出她自认完美的那种生活究竟有何意义。也许,我们的梦,我们的习惯,那一切似乎已成为我们一部分自我的东西,都可以在几个星期内变得与我们毫无关系！在蚊帐的薄纱下，她的床现在显得那么狭小、冰冷，房间里贴着的印满勿忘我图案的壁纸，也透着一股令她汗颜的俗气，她怎么会在这儿住了那么久而丝毫没有厌烦呢？

有一天晚上，她梦见自己爱上了丈夫，那份爱是一种奇怪而又绝望的甜蜜情感，是一种使她胸中填满叹息，令狂热而又憔悴的她沉迷其中、柔肠寸断的温情。

她哭着醒过来，把头埋在枕头里，在黑暗中轻声地呼唤：

"安东尼奥！"

那一瞬间，如果她意志坚强，不唤出这个名字，那么她的命运也许将是另一个样子。

但她唤出了那个名字：安东尼奥。这成了她心声的一种特别的暴露。

"那么多个夜晚，她无法在一个痴情的年轻人身边安然入睡。"她需要他的体温，他的拥抱，还有他那曾令她厌恶的全部的爱。

她想起了那张宽大凌乱但又温馨的床。

她怀念安东尼奥准备睡觉时抓住她的辫子好像要挽留她的那一刻。她的胯部感到的轻轻的撞击在告诉她，她的丈夫正一点点地献出他的生命，渐渐陷入无知无觉的状态中。然后，他那靠在她这个坏妻子肩头的太阳穴开始猛烈地跳动起来，仿佛他身体的全部感觉都在那里汇集，在那里撞击。

现在，想到他是多么慷慨地将自己的梦想托付给她时，她就会被一种巨大的激情和深深的敬意所打动。

她渴望亲吻安东尼奥那信任地倚在她肩头的太阳穴，在夜晚，那里是他最脆弱的地方。

一个月又一个月过去了，安东尼奥对她家人几次三番的邀请置之不理，他需要时间来医治他的创伤。没有他的日子里，她的悔恨和对爱情的渴望与日俱增。

秋天来了，祖母家开始生起炭火，这时安东尼奥才屈尊驾临。

她还记得。她筋疲力尽地从农庄里回来，甚至没有梳理一下散乱的发辫，修饰一下憔悴的容颜，就径直走进那间昏暗的书房，她的丈夫正在那儿等她。

"安东尼奥！"

"你好吗？"他的回答平静而陌生。

她现在才明白那次会面是具有决定意义的，但并没有使他们重新找回什么东西。

现在，她重新考虑一番，才发现在她这一辈子当中只记得命运那猜不透的意志，命运那隐晦的意志在空间中策划出的一个转调，或一种手势，作为辨认的标记，只能留在她的记忆中了。

那时，安东尼奥看着这个头发蓬乱、面容憔悴的女孩双手环住他的腰，在他脚下哭泣，他一定觉得自己以前对这个女孩怀有那么强烈的激情真是荒唐，恍如隔世！

她把脸埋在那个冷漠的男人的外套里，寻找着昔日那位狂热的丈夫的气味和温柔。

可是，她如今还记得，还感觉得到后颈上宽恕者的那只手却将她轻轻地推开……

后来，以后，以至于事情永远都是这副样子了。

按照她的请求，他们住在她父亲送给她做陪嫁的那座庄园里，但安东尼奥仍保留着他的黑森林、他的房子和他在城市中的产业。

他的语气仍是那么和蔼可亲，平易近人，但在他身上再也找不到哪怕一个暗示、一个手势证明他恢复到从前的样子。她没做任何努力，就从那曾将她变为奴隶的过去中解脱出来。是的，在夜晚他的拥抱仍是那么有力、温存，但也是那么冷淡。

于是她体会到了最最深切的孤独，那种在宽大的床笫间一个肉体与另一个被崇敬但却异常冷漠的肉体结合在一起时所感到的孤独。

他们的长子的降生也没能使安东尼奥的爱和痴情

回到她身边。

疾病和死亡也没能在他们之间牵起痛苦的纽带。

但她已学会逃避,逃避到家庭里,逃避到某件不幸事件中去,让自己被孩子和家务包围着,以此来抗拒心中的痛苦。

这样做或许会使她摆脱新的不祥的激情。然而事实果真如此吗?回答是否定的。

那是因为,不管怎样,在她的整个青年时代,她始终无法彻底超脱安东尼奥在她心中激起的妒意、爱情和幽怨。

而他,却多次欺骗了她!

在匿名告密的浪潮中,她了解到了他放荡的生活。有一段时间,尽管她很痛苦,却做出一副满不在乎的样子,她避开熟人,祭起法定妻子地位的保护伞,坚信这一切意味着一种选择,意味着她在丈夫那颗早已疏远的心中占有最高的荣誉位置。

直到那一天……

那是一个早晨,她花了很长时间来梳理她那长长的头发,透过浴室那半开的门,她可以看到那间乱七八糟的卧室,这时,出去打猎的安东尼奥突然出其不意地回来了。他歪戴着帽子,嘴里嚼着一根黄杨树枝条,还以为屋里只有他一个人。过了一会儿,他走近小圆桌,想放下子弹带,这时他的靴子绊在一只蓝色的皮拖鞋上。

于是,哦,于是——她看见了,而且永远也忘不了——安东尼奥怒气冲冲,粗暴地将那只拖鞋一脚踢得老远。

就在这一秒钟,在短短的一秒钟里,她感到猛然领悟了一个事实,这个事实也许已经在她心中藏了很久,只是她一直不愿正视它。她明白了,她现在和过去都只不过是安东尼奥众多的情爱对象之一,是特定的环境将她引进他的生活。他只不过是在容忍她,忍气吞声地接受她,并把这作为一种无可挽回的举动招致的报应。

她记得。她慢慢地向后退去,希望自己不要被发现。她隐约听到一声叹息,然后是安东尼奥躺下时床铺发出的吱嘎声。

那是一个晴好的早晨,告诉人们接下来将是阳光明媚的一天,成群的蜻蜓不断撞在窗户那泛着蓝光的玻璃上,从花园里传来孩子们玩弄浇水管发出的尖叫声。

那会儿是一个大热天。她得梳好头,得去说话,得去安排一切,得面带微笑。"天气这么好,夫人还不高兴吗?……""妈妈,来和我们玩儿啊……""你怎么了？安娜·玛丽亚，你的心情怎么总是不好？"

她得梳好头，得去说话，得去安排一切，得面带微笑。她得带着如同踹在她心窝上的那一脚去度过一个漫长的夏天。她靠在墙上，突然间感到精疲力竭。

她的眼里满是泪水，她赶紧把它们擦干，可眼泪还是无声地流下来，流下来，流下来……她不记得自己曾流过这么多的眼泪。

岁月流逝。她让自己隐遁于这荏苒的光阴中，变得一天比一天迟钝，一天比一天平庸。

为什么？为什么女人的天性总是要变成这样，总是要把一个男人作为她生活的支柱？

男人们可以把他们的激情投入到其他事情中去。而女人的命运却是在一所收拾整齐的房子里，面对一块没织完的毛毯，重温爱情的痛苦。

温柔、狂野、指责、缄默、多情的缠绵，她为重新征服安东尼奥用尽了所有这些下意识表露感情的手段，结果一无所获。他温和而胆怯地对她敬而远之，或是对她忧郁的举止装作毫不察觉。

但是，有时候，当她感到心神俱疲，瞬间的心灰意冷使她举手投足均听其自然时，丈夫又会自然而然地对她萌生同情和信赖。他会请她进城，带她去看戏，甚至陪她去逛商店，还和她聊天，谈她，谈他，谈孩子，谈那"不管怎样都是那么悲伤"的生活。他就是这么说的，他，喜形于色……

"你是我认识的最有魅力的女人。真遗憾你是我的妻子，安娜·玛丽亚。"在那样的场合，他总是这样对她说。他那么率真地微笑着，露出洁白的牙齿，那双大大的栗色眼睛将她包围在嘲弄而又温和的目光中。为了不干扰那远距离的爱抚，她控制住自己的冲动，没有伸出双臂搂住他的脖子，去亲吻那男子气十足的漂亮前额。

多么奇怪！她总是不得不这样对待那些她最爱的人，她的丈夫，还有她的孩子们。

"在爱情中必须保持头脑清醒。"她总是这样告诫自己。

而她确实时时保持着清醒的头脑。她已经能够让自己强烈的爱去适应别人那平淡而有限的爱。许多时候，她内心充满温柔和真情，激动不已，却仍能够只露出一丝浅笑，不去吓跑他人给予她的一点点爱意。因为不过分地施爱于某些人在某些场合也许是对这些人最好的爱的证明。

难道所有生来就为了爱的人都是像她这样生活的

吗？都是像她这样时时刻刻扼杀心中那最具活力的东西吗？

她还记得那次荒唐的旅行。在火车上，她像是被梦魇缠绕，不得不时时站起来，在过道上走来走去，以平息心中的不安。

噢，夜行的火车在向前奔驰，而她的思绪早已赶在火车前面，飞向那座城市，她多么希望自己的到来会让安东尼奥大吃一惊。

一切！她已准备好去应付一切！不带半点怜悯，不再宽容。狂怒的浪潮不时将她淹没，那么猛烈，使她感到自己的喉咙在痛苦地抽搐……

直到现在，一切还都历历在目，天明时分，她到达了一个冷冷清清的车站。

然后，就是律师住所那间俗气的客厅，她蛮横地让人去把那一位律师叫醒。她还记得那一切，如同就发生在昨天：律师听完她讲话，不满地沉默不语，而后客气礼貌而又慢条斯理地回答：

"不行，这么做可不行，安娜·玛丽亚。您得想想，安东尼奥是您孩子的父亲呀。您得想到，一位夫人不该做出有失身份的举动。也许以后您自己的孩子都会责怪您。此外，这对您来说，又有什么大不了的呢？我敢肯定那个不幸的女人所犯下的轻率的错误根本不会使您痛苦多少时间……"

"请等一会儿！"他突然不合时宜地叫了起来，"就一会儿。"他犹豫了一下，又补充了一句，然后就溜出了房间。

不，她一辈子也不想再见到他了，不想！在她的心底，也不会怨恨那个可怜的男人。他曾看着她长大，如今她打算实施自己的计划时，他却背叛了她，当然他完全是出于善意帮倒忙，就像她自己的父亲曾做过的那样！

可是，当门再次打开时，居然是安东尼奥脸色苍白、神情严肃地走进屋来。

他已惯于在与一个害怕受伤的女人交锋时所向披靡，他只消一句话，便可以给对方以伤害，然而他刚做出一个高傲的手势，她便因愤怒而浑身发抖，并在结婚这么多年后，第一次对他破口大骂起来。开始时，她的话语还是那么机敏、理智，但渐渐变得粗野和不公平，她突然闭上了嘴，羞愧难当，准备承受任何报复。

但是，他并没有报复。

她激烈地咒骂他时，他一直望着她，现在，他仍那么专注地凝视着她，然后说：

"你还是爱我的!"他终于忧伤地说,"你是多么的爱我呀!告诉我,这是为什么?为什么?"

但是,不寻常的和解只持续了很短一段时间。很快,安东尼奥就又恢复了他那彬彬有礼然而冷漠的态度,而她也再度满腹怨恨,这种感情之强烈与她在短短几个星期里对丈夫复燃的爱不相上下。

"我为你而痛苦。你就像一道时时会迸裂开来的伤口一样让我痛苦。"

许多年来,她都在低声重复着这句话,因为她有一种神秘的本领,总是能使自己突然泪流满腮。只有这样,她才能使那根不断刺伤她的心的灼热的钢针暂时停止动作。一年又一年,她终于精力耗尽,劳顿不堪。

"我痛苦,为你而痛苦。"一天,她又开始哀叹起来,但突然,她闭紧双唇,沉默下来,满怀羞愧,她为什么要继续向自己隐瞒很久以来她已不再真心哭泣这一事实呢?

不错,她确实感到痛苦,但她已不再为丈夫的冷淡而难过,而且想到自己的不幸时也不再愁肠百转。那股怨气,那份抑郁的愤恨,榨干了她心中的痛苦,使之变质。

以后,岁月的流逝又将那股怨气变成怒火,最终将她胆怯的愤恨变为非常明确的复仇愿望。

而仇恨又延长了联结她与安东尼奥的纽带。

那仇恨，是的，那无语的仇恨非但没有使她憔悴，反而使她更加有力。那仇恨驱使她策划出种种绝妙的方案，但它们总是在小小的报复中半途而废。

仇恨，是的，仇恨，她在它那阴暗的翅膀下面呼吸、入睡、欢笑；仇恨成了她的目的，成了她最好的工作。即使是胜利也无法平息仇恨，反而会火上浇油，似乎没有遭到抵抗，也会令她恼怒。

即使是现在，当她听到丈夫走近，看到他跪在自己身边，那股仇恨仍然在摇撼着她的心。

他没有看她，而是几乎立刻就把脸埋在两只手中，伏倒在灵床上。

好一会儿，他都这样一动不动，似乎已经远离了他那死去的妻子，在回想使人痛苦的昨天，回想那个世事繁杂的世界。

怀着几分厌恶，她感觉到那讨厌的头颅就压在她的髋部，她的孩子们曾在那里面生长，给她带来甜蜜的沉甸甸的感觉。可现在，那讨厌的头颅就压在那儿。她带着怒气，开始最后一次审视那精心梳理的栗色头发，那脖颈，还有那肩头。

一个不同寻常的细节突然刺痛了她。在靠近他耳朵的地方，有一道皱纹，只有一道，非常细小，细得就像一根蛛丝，但那是一道皱纹，一道真正的皱纹，他的第一道皱纹。

上帝呀，那怎么可能？难道安东尼奥并非坚不可摧？

是的，安东尼奥并非不可损伤。那道唯一的、不易觉察的皱纹不久就会延伸到他的面颊，在那里很快变成两道，变成四道，最后刻满他的整个面庞。慢慢地，那英俊的容颜将不可救药地被侵蚀，而那个幸运而又残忍的人所有的高傲、魅力和能力也会随之烟消云散。

就像一根断掉的发条，就像一股失去目标的能量，那种令她变得无情和恶毒、令她常想去啃咬的冲动突然减弱了。她的仇恨已经变得消极，甚至几乎带上了几分宽容。

当他抬起头来时，她惊奇地看见他哭了。他的泪水，她第一次见到的丈夫的泪水顺着脸颊流淌着，他没有去擦掉它们，而是惊讶自己竟然失声痛哭。

他哭了，他终于哭了！也许他只是因为感到自己的青春已随着这个女人一起逝去而哭泣，也许只是在为以往的失败哭泣，长久以来他成功地驱散了失败的记忆，而今随着感情闸门首次打开，那些记忆蜂拥而至。但她知道，这第一滴眼泪将为所有其他的泪水开辟河道。痛苦，或许还有悔恨，已经在那冷酷的心中劈开一道裂隙，眼泪将不断浸透那道裂隙，如潮涨潮落一般，在那些神秘法则的驱动下撞击、冲刷、摧毁。

至少从今往后，她会明白，记挂着昔日亡故的亲人意味着什么。她再也不会，再也不会为任何事而快活。每一种享乐，哪怕是最简单的享乐——冬夜赏月、良宵聚会——都会产生某种空虚感和奇怪的孤独感。

随着那些泪水涌出来，滴滴滑落，她感到她的仇恨正渐渐减弱，最后消失得无影无踪了。不，她已不再恨了。难道她能去恨一个和她一样注定要衰老、悲伤的可怜人吗？

不，她不恨他，但也不再爱他。正因为如此，当她不再爱他，也不再恨他的时候，她感到她生命结构中的最后一个结也解开了。她对什么都已不在乎了。好像她和她的过去都失去了意义。一种深深的厌烦情绪包围了她，她感到自己摇摇晃晃地向后退去。噢，这突如其来的背叛！想支起身子坐起来的愿望折磨着她，使她发出呻吟："我要活下去，把我的仇恨还给我，还给我！"

——我们走吧……

从一条在阳光下燃烧的道路的尽头，一个个巨大的旋风卷起尘灰朝她迎面扑来,而她被裹在如火焰般滚烫却触摸不到的床单中。

——走吧,我们走吧。

——去哪儿?

——阴间。

她屈从了,将面颊靠在死神那虚无的肩头。

有什么人或什么东西,把她沿着渠道顺流而下推到树林里一片潮湿的地方。远远的,有一点亮光,一点宁静的亮光,那是什么?那是玛丽亚·格丽塞尔达正准备吃晚饭。伴着夕阳,她叫人点起灯来,在平台那张柳条桌上摆好餐具。伴着夕阳,雇工打开水闸,浇灌草地和三个花坛里的康乃馨。从花园里泛起阵阵芬芳,飘向那个孤独的女人。

飞蛾扑向烧烫的灯罩,被烤得半焦后落在雪白的台布上。

噢,玛丽亚·格丽塞尔达,如果石头台阶上的那些狗忽然毛发直竖地站立起来,你千万别害怕,是我呀。

我亲爱的儿媳,我看到你是那么孤单,那么忧郁。我看到你那又瘦又长的双腿支撑着的略显笨重但又令人羡慕的身躯。我看到你重新染过的发辫,苍白的肤色,高傲的侧影。我还看到你的眼睛,那双狭长的眼睛,闪着绿色的光影,恰如树林里静静漂浮在水面上的苔藓。

玛丽亚·格丽塞尔达，迄今只有我会喜欢上你。因为除了我，再也没有人能够接受你那令人难以置信的美丽。

现在我来吹动灯火。你不要害怕，我只是想在经过时抚摸你的肩头。

你为什么从座位上跳了起来？不要这样颤抖。我走，玛丽亚·格丽塞尔达，我走。

一股水流推动着她，推着她沿渠道顺流而下，经过一片密林，随着陆地裂成数以千计的密密麻麻的小岛，森林里的植物也褪去了颜色。在那苍白透明的枝叶下面，只有大片大片种满秋海棠的田地。啊，那些水灵灵的秋海棠！整个大自然在呼吸，从水中，仅仅从水中汲取着养分。那股水流一直推着她缓缓漂去，她身边是纠缠成一团团的植物，它们的根部盘踞着温和的蛇。

这个死去的女人漂过的世界上空，一道青灰色的闪电仿佛停滞一般，永久地凝固在那里。

不过，天空中还点缀着星辰。她眺望哪颗星星，那星星就仿佛响应某种召唤，疾飞而去，坠落不见。

"你别走，别走，别走呀！……"

这是什么喊声？是谁的双唇在找寻着，亲吻着她的双手、她的脖颈、她的前额？

真应该禁止活着的人接触死者的神秘肉体。

女儿的双唇轻抚着她的身体，阻止了她那最深层细胞中的一丝不适感，使她忽然间又变得那么神采奕奕，对周围的一切又充满了依恋，就好像她从来不曾死去过。

——我可怜的女儿，我过去知道你会因愤怒而冲动，但从来不知你会如此失态地表露出痛苦，像此刻这样呜咽抽泣，歇斯底里地扑到我身上。"她太冷漠，甚至对她的母亲也那么无情。"所有的人都这么说。不，你并不冷漠，你年轻，只是年轻而已。你对我的柔情是你深埋在心底的一棵幼芽，而我的死迫使它在一夜之间生长成熟。

无论我怎么做都不曾取得我的死亡最终造成的效果。你看到了，死亡其实也是一种人生行为。

你不要哭，不要哭，但愿你能明白！我将继续在你体内呼吸，继续发展、变化，就好像我仍然活着。你会爱我，拒绝我，但又会重新喜欢我。也许在我精疲力竭，在你身体内死去之前，你就会死去。所以，你不要哭……

人们走过来，异常小心地将她从灵床上抬起，放进一个长长的木匣中。一束康乃馨滚落到地毯上。有人把它拾起来，放在她的脚边。然后，他们又像铺床单一样将其余的鲜花都盖在她的身上。

她的身材与棺材多么般配呀！

她一点儿也不想支起身子。她从未想到自己也会如此疲劳！

她看到平坦的天花板在摇晃，滑动，她微睁的双眼几乎马上就看到前不久刚刚刷白的另一块天花板，那是她的更衣室的顶棚。

最近一次地震造成的一道大大的裂纹，使她意识到自己已到了客房。长长的一排房子就这样向她展示着那些熟悉的顶角、檩子和房梁。在每一扇门前，人们都稍事停顿，她猜想那狭窄的门口给抬她的人造成通行困难。

真是一种亵渎行为啊！他们竟践踏起那蓝色的地毯，是谁竟敢把它铺到了前厅？有什么必要呢？这里的地板擦得要比房子里其他地方亮上千倍！

在这里，蓝色的地毯被暴露在阳光下，不断地被忙忙碌碌的人群践踏，渐渐失去光彩，而直到不久以前，那地毯还是她逃避漫漫冬日的庇护所。只是由于地毯铺在一个位置偏远又几乎总是上锁的房间里，所以才保持完好如新，始终那样蓝。

当外面狂风呼号的时候，她的孩子会向她提出一个局外人听了莫名其妙的古怪邀请。

他们会说："咱们去海滨吧。""海滨"就是指那块四四方方的松软的地毯。孩子们跑去侧卧在地毯上，先头随身带着他们的玩具，后来则是书籍。

寒冷和恶劣的天气似乎真的在那块色彩明快悦目、令人心怡的地毯边上止住了脚步，而时光在这封闭的房间里流逝着，似乎显得更加温暖，更加亲切。

若是她绝不会允许把那块蓝色的地毯铺到前厅去。是谁趁她得病竟敢如此妄为呢？

上帝呀，她头上的圣水还没有干透，事情就已经起了变化，不管有没有她，生活仍按着自己的轨道继续进行着。

突然，天空出现在她上面。

这时，她发现自己被放在了通向花园的石头台阶上。在这里，停顿的时间更长一些。也许他们是在积蓄力量，准备继续前行。

天空！铅灰色的天空上，鸟儿在低低地飞翔，几个小时之内，又会开始下雨。

多么美丽的黄昏，湿润而又变幻无常！她从来也没这么喜欢过黄昏，但在这个黄昏，她发现了它那阴沉沉的美，而透过棺木接缝似乎来触摸她的轻风，甚至令她心情舒畅。

这时，她感到自己摇摇晃晃地在向下降，停靠在最后一级台阶上。

这里，平日就在这里，她缩成一团晒太阳。她曾久久地将脸颊贴在最后一级台阶上，从那上面偷得几分余热。当她的儿女们还是小孩子时，他们也总爱把耳朵贴在那上面，断定那里有什么东西在动，那石头就像钟表或心脏那样跳动不已。被水浇湿后，人们用海绵擦干淋在石板上的水迹，石头上就会散发出一股特殊的气味。

天空又一次在她的头顶上动了起来。

再见，再见了，我的石头！我原来并不知道有些东西会在我们的情感中占据如此的地位。

送葬队伍走上了草地。她感到自己处在一种奇特的晃动中，她真应该告诉他们让棺木晃得轻一点儿。猛然间，她像预感到的那样，觉察到自己的两个儿子正用有力的臂膀从后面支撑着棺木，而她脚的那一端，棺木左边微微下斜，她猜想那个角是压在她父亲的肩上。她还知道为弥补这一侧力量的亏空里卡多正憋足了劲儿支撑着棺木右边的那个角。

她还相信一定会有许多人在周围，一定还有许多人跟随在后面。她想到自己双手放在胸前,像一件备受珍爱而又异常脆弱的东西那样被运送着,心中不由涌起无限甜蜜的感觉。

她生来第一次,感到自己气派威严地进入那条两旁树木林立的大道。杨树高傲的姿态已不再使她不快;第一次,她注意到杨树的枝叶有如波浪般起伏,闪着水波般的粼粼光泽。

接下来经过的是那片蓝桉树林。顺着桉树的树干,悬挂着许多窄片状树皮,露出蓝白色的木纹。

她动情地想:"奇怪,我以前竟没有注意到,桉树也会像蛇春天蜕皮那样脱落树皮……"

风儿卷起枯叶,像卵石一样狠狠地敲打着棺材。天空一点点地转晴,她隐隐看到那惨白的上弦月。送葬的队伍已经走进了树林。

她真想踩在铺满一地的铁锈色的厚厚松针上,让它们在自己脚下发出咯吱咯吱的声音;她真想俯下身来最后看一看那张巨大的银白色网,那是蛞蝓虫昼伏夜出留下的爬痕一点点交织而成。

从地面上升起来的水汽像第三重裹尸布将她包裹起来,可以闻到树荫下生长的植物的辛辣气味。

他们已穿过了花园,现在正带着她横穿田野。

在一片茬子地的那一边，延伸着布满池塘的田野。浓雾紧挨着地面飘浮着，在灯芯草丛中挤成一团。

送葬队伍缓慢、艰难地行进着，脚下合着丧礼进行曲的节拍。

有人陷入了齐膝深的淤泥里，于是棺木猛烈地晃动起来，有一侧碰到了地面。

几分莫名的渴望令她激动不已。噢，如果他们能把她安放在那儿，放在那露天的野地里，那该有多么好！她希望自己被弃置在那沼泽中，这样一来，她就可以倾听蛙儿们得自明月流水的鸣唱，直到天明；她还可以听到泥浆冒出成千气泡时发出的如天鹅绒般的爆裂声。如果竖起耳朵细听，她还能听到远处公路旁的电线悲鸣般发出的不祥的嗡嗡声；或者在黎明前分辨出红鹳在芦苇丛中拍动翅膀的声音。如果这一切有可能的话那该有多好！

可是不行，这是不可能的，人们已经把棺材扶正，又开始向前走去。

忽然，一道横截在地平线上的墙，让她想到那是镇上的陵园和宽敞整洁的家族墓地。

送葬队伍正是向那里走去。

一阵宁静忽然袭上她的心头。

陵园总是大得有如城市——真可怕——那里面甚至有柏油铺就的街道，总有些可怜的女人被埋葬在那里，迷失在那里。一些流着黑水的河床里，总会有些自溺而死的女尸被急流不停地拍打、冲刷、改变了形状。有些女孩刚刚下葬，她们的亲戚就闲不住了，为了在狭窄阴暗的墓穴中为自己争得一块自由的空间，他们迫不及待地把她们挤呀，挤呀，直到几乎要使她们从那个满是遗骸的世界里消失。还有那些与人私通的年轻姑娘，她们轻率地到偏僻的街区赴约会，结果遭人袭击，被一枪击中，倒在情人的怀中。她们的尸体被解剖亵渎，而后被丢弃在停尸房中，一天天任人唾骂，名声扫地。

噢，上帝呀，总有一些荒唐的人会说，我们一旦死去，就不该再顾及自己的身体！能够安息在修剪整齐的柏树中间，能够和母亲和几个兄弟并排长眠在同一座礼拜堂中，这令她感到无限欢愉。她感到幸福，因为她的身体会安静、荣耀地在那儿，在那块墓碑下面化作泥土，碑上刻着她的名字：

特雷莎-安娜·玛丽亚-塞西莉亚……

她的名字，她的全名，甚至还有那些在她活着时已废弃不用的名字。在这些名字下面,是被一个破折号分开的两个日期。

当送葬队伍终于到达目的地时,最后一阵狂风骤起,盖过喷泉的汩汩低吟。公墓里,夜幕降临,熄灭了彩色玻璃窗上一块块"宝石"的光芒。祭坛前,卡洛斯神甫身着祭祀白袍,颈系饰带,嚅动着双唇,虔诚地摇动着圣水帚。

让安宁陪伴着你,安娜·玛丽亚,任性、善良而又心窍迷乱的孩子,愿上帝接受你,照拂你。尽管你总是固执地生活在远离上帝的地方。

——可是,我是没有灵魂的,神甫。你不知道吗?我听见你装模作样地悲叹企图阻止我对你的责问。

我还记得你很久以前的样子:个子小小的女学生,总是吵吵闹闹,在礼拜堂里老是心不在焉,可在宗教史课上又总是第一名。

我经常被院长嬷嬷特邀聘请去参加那些年终考试,无法推脱。一年又一年,我总是发现考试中那个充满宗教热情的安娜·玛丽亚和平日的她简直判若两人。

当你向我们讲述那些事件、那些人物时,是多么生动,多么富有激情!

那个伟大的奇迹——熊熊燃烧却毫不毁损的荆棘

丛中忽然传出一个声音:摩西!摩西!

那架上面住满了大小天使的神奇的梯子,上帝曾在雅各的梦中把这梯子伸向他。

红海掀起巨涛,向两边分开,让上帝的选民通过。

还有那只神秘的手在渎圣的宴席上写下了三个词,向伯沙撒预告他王国的灭亡……

"当然,院长嬷嬷常对我说,安娜之所以宗教史总得第一名是因为她觉得这门课有趣,不信您去问她一个教义问答中最基本的问题试试看!"

"随她去吧,尊敬的嬷嬷,随她去吧。"我总是小心谨慎地提示,"归根结底,所有的道路,不管它有多狭窄,都会通向上帝。"

我还记得那一天,你父亲忧心忡忡地前来问我。

"圣心在上,卡洛斯神甫,院长嬷嬷要和我好好谈一谈,是关于安娜·玛丽亚的事……简直不可想象,卡洛斯神甫,如果您能替我去和她谈谈,了解情况,那我将非常感激。我不知该怎么办。"

"可是,到底是怎么回事,堂贡萨罗?告诉我他们对安娜·玛丽亚有什么不满。"

"嗯,似乎是因为那孩子说……"

"那是在缝纫课上,我们一边绣花,一边听卡尔梅拉嬷嬷给我们读书,当她读完一篇,准备读下一篇时对我们谈起了天堂……我说我一点儿也不在乎能不能去天堂，因为我觉得那儿是个挺没意思的地方。"

卡尔梅拉嬷嬷几乎和她的学生们一样年轻，看着她绝望的神情，我不得不忍住脸上的笑意，迟疑了一会儿才告诉她，在缝纫课上不要谈及如此敏感的话题，同时，我又俯下身来问你。

"那么，孩子，告诉我，你希望天堂是个什么样子？"

你想了一会儿才说："我希望天堂和这个尘世一样。我希望天堂就像春天的庄园，所有的玫瑰丛都开满了花，田野绿油油的，午觉时还能听到鸽子'咕咕'的叫声……我希望，对，我还希望天堂会有庄园里所没有的一些东西……我希望那儿有不怕人的小鹿，过来从我的手上觅食……我还希望我的表兄里卡多永远和我在一起，希望能允许我们偶尔去树林里过夜，那儿，小溪边，草地好像真正的天鹅绒……"

你不说话了，周围一片静默。

"可是，你给我描绘的不正是伊甸园吗！……"我终于开口对你说，但内心深深地感到不安。

"的确，卡洛斯神甫，那确实是伊甸园，亚当和夏娃因不遵圣命从那儿被驱逐出来。"院长嬷嬷生硬地插进话来，"我还得补充一点，这孩子就是继罗萨斯家的两个女儿之后最不听话的坏典型。您还记得她们吧，神甫……"

好一个人间天堂，安娜·玛丽亚！你一生都在热切地寻求那个乐园，可它却被火剑天神划为人类的禁地，永不开禁。

我记得你，当时还是个少女，但已将自己交付给了怒气和肉欲的魔鬼。那一天，当你跪在我们那个乡村教堂的角落里被我发现时，你吓了一跳。虽然你不承认自己有灵魂，但当你真正感到不幸的时候，你的灵魂总会引导你来到这简陋的教堂。

"不，卡洛斯神甫，请别跟我谈论什么九日祭、虔诚心……我来到这儿只是因为一天中每到这个时候，这里都令人清新愉快；还有，在这里没有人会盯着我的脸问我在想些什么或没有想什么……不，神甫，我很抱歉，可我确实一点儿都不想守四旬斋……为什么？因为我对上帝很生气，就是这么回事。"

"可以知道您为什么会对上帝生气吗？"记得当我们向我的小教堂走去时，我这样问你。你还没有走到否定上帝存在的极端，这让我从心底里大大松了一口气。

"我为什么会生气？因为您的上帝从来不听我讲话，从来没给过我想要的东西。"

"也许你想要的东西会对你不利。"

"对我有利，对我有利……"你低声嘟囔着。

嗐，在那个夏天，你的双眼是那么悲伤，里面闪动着挑衅的目光！在为你的婚姻祝福的那个下午，你那可爱的柑橘花冠下闪动的，也是那样的眼睛，那种目光。

然而，在婚礼仪式刚一结束，你就找机会溜到圣器室。

"再见了，神甫，请为我祈祷吧。"你几乎贴在我耳边叹息道，然后拥抱了我。

我当然会为你祈祷。我一生都在为你，为你的幸福祈祷，而首先，首先，我要祈求能找到可以说服你回到上帝身边的话语。"安娜·玛丽亚，说实在的，我为您的态度感到非常担心。""可是，神甫，您指的是哪种态度？现在我每个星期天都来做弥撒，星期五还亲自带着孩子们来领圣餐！我上星期四没来参加安尼塔的坚信礼仪式是因为我感到身体不太舒服，我向您发誓……"

"我并不是指这个，安娜·玛丽亚，您也知道这一点。我是指您向我保证过的今年夏天要做的静修。"

"啊！神父，我不记得曾做过这样的允诺。请您相信我，这会儿让我做静修是不可能的，我有太多的事要做。您不会知道在我那样的家里有多少事儿要干。阿莉西亚、路易斯和他们的客人都跟房客似的来来去去,就好像我的庄园是个温泉疗养所。特别是索伊拉!没有一刻不是怒气冲天的,还一天比一天更爱发号施令。至于安东尼奥……噢,神甫,您要是知道安东尼奥使我多么痛苦就好了!……因此,请您相信我,我这会儿真是不能祈祷,不能静下心来,甚至不能思考……"

"当然,说到这可悲的世上庸庸碌碌的营生和心事,你能够做的也不外乎静下心来思考……"

"这是上帝的安排,神甫!现在您还要劝我不要轻视他的所作所为吗?"

"够了,安娜·玛丽亚!"神甫断然喝道,他突然感到一阵忧伤,"孩子,我确实不知道拿你怎么办了。"

"可我知道,神甫!"你突然笑了起来,多变的情绪令人难以捉摸,但这又恰恰是你魅力的一部分。你走过来坐在我的靠椅扶手上,带着一丝狡黠的微笑俯下身来……"那就请您为我向您的上帝祈求一份特殊的恩赐吧,比如说,一个奇迹。"

"好哇,你这个女人可真是狂妄自大!你这是想让上帝俯就你,而你却不肯劳驾向他迈近一步。"

"为什么不行呢?"

"说实话,孩子,说实话,要不是天真无邪的小安尼塔走过来打断我们的争吵，我可又要生气了。"

"卡洛斯神甫，爸爸让我来告诉您，我们在等您去玩一局滚木球戏。"小姑娘说道，"我、弗莱德跟爸爸一头，阿尔贝托、多罗（在菜园里帮忙的小伙子）跟您一头。"

"还有我呢！"我听到你性急地嚷道，"你们以为我是什么！……大车的备用轮子吗？不行，我也要玩儿。我可以和弗莱德轮着玩儿。亲爱的安尼塔，我向你保证，这一次阿尔贝托和多罗都别想用那天下午的那些把戏让我出局。"

"噢，妈妈！"当我们向滚球场走去时，小姑娘温顺地轻声说道，"您赢不了球就以为是人家要了把戏。"

那个年轻好动、不甘在游戏中失败的安娜·玛丽亚，与我前几天才探望过的那个病榻上的玛丽亚是多么的不同呀！

"孩子，等你感到好一些时，愿意让我来给你授圣餐吗？也许这会帮你更快地康复。"我小心地提议道。

"为什么不呢！"你马上做出了回答，令我大吃一惊，"如果这样我能让您高兴的话，那为什么不行呢？"

"那么，孩子，你现在就做忏悔不好吗？"我迅速发起进攻，假装没有领会你的最后一句话。

"明天再说吧，神甫……医生过半小时就来。"

"半小时对我们来说足够了。"

"我不那么想,神甫。我得告诉您,到现在为止,您还从来没听过有谁列举的大小罪孽清单有我的那么多。"

"依我看,夫人,您最大的罪孽可以说就是虚荣到竟然把罪孽作为炫耀的资本。"我反驳道,力求恰如其分地对你做出回答。

我还记得,你当时想笑一笑,但却没有笑出来,而是抑制住一阵呻吟,面色苍白地重新躺回到枕头上。突然,我惊恐地看到你又像长久以来所做的那样:虽精疲力竭,却仍强作顽皮的微笑和无情的慢性病痛斗争。

"神甫,我求您别这样看着我……要知道,我还没死呢。"你居然还有勇气和我开玩笑。随后,你又说:

"可您明天还是要再来呀,神甫,一定要来呀,您愿意吗?"

"她很痛苦,"阿莉西亚陪着我走出房间时低声说,"可是医生却说目前还没有严重到令人担心的地步,相反,有了一些好转的迹象。但不管怎样,明天您都会来,是不是?神甫?听到她同意忏悔,让人松了一口气。您知道,我为了这事儿已经祈祷过不知多少次了。您注意到了吗?您注意到她求您再来时目光和声音多么温柔了吗?"

当然了，我可怜的安娜·玛丽亚，我怎么会看不见，怎么会感受不到你说话时的目光和那羞怯的声音呢？你就通过我这个谦卑的奴仆去接近上帝吧。

第二天早晨，离约定的时间还早，庄园的马车就来接我了。

——一次突然发作……这次发作让你的心脏丧失了功能……人们都担心你不会再恢复知觉了——多罗气喘吁吁地向我报告了这一切。

嗐，当我俯下身子看着你的双眸时，你已经在我们那条最终的旅途上走得太远了！你那已经迷散的双眸似乎正定定地凝视着你身体里面的什么东西。

"她昨天同意做忏悔就已经算是悔悟了，对吗？神甫？"阿莉西亚一边哭泣，一边不停地说着。

我赦免了你的罪孽。

阿莉西亚靠在了丈夫的肩头，而她丈夫竟破天荒地对她表示了同情。

我为你施了临终涂油礼。

随后，我就守在你身边，在你做最后抗争的漫长的三个小时里不停地祈祷。

我说你在"抗争"，因为从那断断续续撕扯着垂死者喉咙的喘息中，我始终能隐约看见并追踪灵魂那坚定的征程，它艰难地穿过肉体，来到一扇门前，在那门后,你,上帝,大慈大悲,正等待着我们。

以圣父、圣子和圣灵的名义,愿安宁陪伴着你。安娜·玛丽亚,孩子,永别了……

就这样,在深深的黑暗中,她感到自己正从高处向下坠落,在无休无止的时间中飞快地向下坠落,就仿佛有人把墓穴底部挖开了,打算将她埋到大地的最深处去。

有什么人或什么东西吸引着穿裹尸衣的女人走向那片秋日的土地。她就这样开始下沉,在一片淤泥中下沉,周围是盘根错节的树根,是胆怯的小动物的洞穴,它们在里面蜷成一团喘息着。有时,她也会掉进那些积满魔鬼的冰冷唾液的软软的深洞里。

她慢慢地、慢慢地下沉,避开那些由骨头组成的花朵,避开一些身上黏糊糊的奇怪生物,它们正从两道挂着露珠的窄缝向里张望。她碰到了那些奇迹般洁白、完好的骷髅,它们的边缘都收缩起来,如同昔日在母亲的腹中一样。

她站在一片古老海洋的海底,在金沙和千年的海螺中间歇息了好一会儿。

地下的泉水又带着她在一片化石森林的拱顶下穿行。有些气味将她吸引到某个中心,而另一些气味又拼命将她驱赶到与之气候相宜的地带。

啊，如果人们知道在地下究竟有些什么东西，他们一定不会那么放心地去饮那些泉水了！因为一切都在大地中沉睡，而一切又都从大地中苏醒。

又一次，穿裹尸衣的女人浮上了她生命的表层。

在墓穴的黑暗中，她感到自己终于可以动弹了。实际上，她本可以推开棺材的盖子站起身来，僵直而冰冷地顺着来路一直回到她家的门口。

可是，她却感到从自己的身体里生长出无数条根，在泥土中伸展，扩张，仿佛一张迅速张开的蛛网，沿着这张网，宇宙那经久不变的脉动正颤抖着向她爬升。

现在她只希望自己就这样被钉在大地的十字架上，让她的肉体忍受源自极远极远处的潮起潮落的折磨，体味其中的乐趣。她感到草儿在生长，新的岛屿浮现出来，在另一块大陆上开放着一朵谁也不知道的、只在日食之日才能生存的花朵。她感到有许多太阳仍在沸腾、爆炸，在鬼知道什么地方巨大的沙丘仍在崩塌。

我发誓，那穿裹尸衣的女人根本不想坐起身来。终于，她能够独自一人安歇了，死去了。

她曾经历了生者的死亡过程,而现在,她渴望完完全全的湮灭,第二次死亡:死者的死亡。

La Ultima Niebla by María Luisa Bombal

Copyright © 1947, copyright renewed © 1974 by María Luisa Bombal

Published by arrangement with Farrar, Straus and Giroux

La Amortajada by María Luisa Bombal

Copyright © 1948, copyright renewed © 1975 by María Luisa Bombal

Published by arrangement with Farrar, Straus and Giroux, New York.

本书中文简体版由银杏树下（北京）图书有限责任公司版权引进

著作权合同登记号：图字01-2020-2973

图书在版编目（CIP）数据

最后的雾 穿裹尸衣的女人 /(智)玛利亚·路易莎·邦巴尔著；段若川，卜珊译. -- 北京：中国华侨出版社，2020.1

ISBN 978-7-5113-8121-7

Ⅰ.①最… Ⅱ.①玛… ②段… ③卜… Ⅲ.①中篇小说—小说集—智利—现代 Ⅳ.①I784.45

中国版本图书馆CIP数据核字(2019)第296404号

最后的雾·穿裹尸衣的女人

著　者：	［智利］玛利亚·路易莎·邦巴尔		
译　者：	段若川　卜　珊		
出版统筹：吴兴元		编辑统筹：朱　岳　梅天明
责任编辑：黄　威		特约编辑：刘苗苗
装帧制造：墨白空间·黄　海		营销推广：ONEBOOK
经　销：新华书店		印　张：5.25
开　本：787mm×1092mm　1/32		字　数：85千字
印　刷：北京盛通印刷股份有限公司		
版　次：2020年7月第1版　2020年7月第1次印刷		
书　号：ISBN 978-7-5113-8121-7		
定　价：48.00元		

中国华侨出版社　北京市朝阳区西坝河东里77号楼底商5号　邮编：100028

法律顾问：陈鹰律师事务所

发　行　部：(010) 64013086　　　传真：(010) 64018116

网　　址：www.oveaschin.com　　E-mail：oveaschin@sina.com

后浪出版咨询(北京)有限责任公司 常年法律顾问：北京大成律师事务所　周天晖　copyright@hinabook.com

未经许可，不得以任何方式复制或抄袭本书部分或全部内容

版权所有，侵权必究

本书如有质量问题，请与本公司图书销售中心联系调换。电话：010-64010019